Dies irae
ディエス・イレ
~Wolfsrudel~

Dies Irae~Wolfsrudel~
presented by Ryo Morise
original & supervision / Takashi Masada(Greenwood)
cover illustration / Gyuusuke(Greenwood)

~Wolfsrudel~

Programm

Dies irae ~Wolfsrudel~

Dies Irae~Wolfsrudel~
presented by Ryo Morise
original & supervision / Takashi Masada(Greenwood)
cover illustration / Gyuusuke(Greenwood)

本文イラスト／港川一臣
装丁・デザイン／5GAS DESIGN STUDIO

Ouvertüre

ベルリンは燃えているか

Ist Berlin Brennen

Zu den Mannen Starke Scheite
schichtet mir dort am
Rande des Rheins zuhauf.
Hoch und hell lodre die Glut,
die den edlen Leib des hehrsten
Helden verzehrt.

ラインのほとりにうずたかく、
太い薪を積み上げよ。
明るく、高く、燃えよ焔、
勇者の気高き身体を燃やし尽くせ

――リヒャルト・ワーグナー
『ニーベルングの指環』より

一九四五年、五月一日――ドイツ北部の街、キール。

ＡＭ〇時五六分。

第二次世界大戦は、今や最終局面に達しようとしていた。

帝国の大動脈たるアウトバーンは、撤退してくる軍隊と避難する民衆でごったがえし、身動きのままならぬ状態だった。

バルト海を挟んでデンマーク、スウェーデンと向き合う軍港を擁《よう》するキールはこの時より二年前、英国に駐留していたアメリカ空軍のＢ－１７Ｆ重戦略爆撃機〈メンフィス・ベル〉による爆撃を受け、民間人の居住区画を含む街全体が甚大な被害を受けていた。

とはいうものの、キールは依然として潜水艦基地として機能し続けていた。

空襲で焼け出され、家や財産を喪《うしな》ってしまった人々も皆が皆、別の土地に疎開したわけではなかった。

彼らは旧市街地のそこかしこに間に合わせのバラックを建て、家族同士、知人同士が身を寄せ合うようにして生活を続けていたのである。

強い意志と、強い希望とが、彼らを支えていた。

この戦争の終わりを、勝利の喜びと共に迎えることができると信じて。

美しかった彼らの街を再建し、再び繁栄の日々を取り戻すことができると期待して。

しかし今――夜も更けたというのに、キールの街路は何かしら怯《おび》えたような表情を浮かべた住人たちで溢《あふ》れていた。

年配者たちの中には、前大戦末期の一九一八年、この軍港から各地へと広がり、最終的にドイツ帝国を打ち倒すこととなった反乱の記憶を呼び起こされた者もいた。

彼らは皆、一様に南西の方角に不安気な顔を向けていた。

その方角にはドイツ第三帝国の首都、ベルリンがある。

そして今、遠くに見えるその空は、地獄《じごく》の業火《ごうか》を思わせる不吉な朱色《あけいろ》に彩《いろど》られていた。

夕焼けよりもなお赤く、燃え盛る炎よりもなお紅い色が、夜闇を圧倒していた。


ベルリンとキールは、三〇〇キロメートル以上は離れている。

にもかかわらず、人々はなぜかあの空の下で何が起きているのかを確信していた。

ゲオルギイ・ジューコフ元帥《げんすい》と一番乗りを争った末に、イワン・コーネフ元帥率いる赤軍の第四親衛戦車軍が首都ベルリンを包囲し、侵入を開始したのは前月末のことである。

この事実は、四月二八日の時点でラジオで伝えられていたので、とうに市民たちの知るところとなっていた。

だから、確信した。

理解《わか》ってしまったのだ。

ベルリンが、世界に冠たる欧州の首都ゲルマニアに生まれ変わろうとしていたあの街が今、燃えているのだと。

あの紅く染め上げられた空は、血と炎の照り返しなのであると。

生きとし生ける者が屠《ほふ》られ、形あるものが破壊される神々の黄昏《ゲッターデメルング》が、千年帝国の夢に終わりを告げる最後の戦いが、そこで繰り広げられているのだと。


海軍の通信施設の四階——このキールの街ではひときわ高い場所にある部屋で、電話器の受話装置を耳にあてている人物にも、不吉に染まった空が見えていた。

「……ああ、どういう理屈なのかはわからないが、確かにここからも見えているよ、曹長。誠に遺憾《いかん》なことではあるが、そちらに騎兵隊を送りだすことはできない。こうなってしまった以上、君たちも早々に北部に脱出して——」

《あー、将軍殿《ヘル・ゲネラール》。ソレ、本気で言ってますかい?》

雑音混じりで電話口から聞こえてきたのは、きついザールラント訛《なま》りの強い快活な声だ。

聞きなれた呼びかけに、男は苦笑した。

親衛隊の旅団指導者《ブリガーデフューラー》という階級は確かに、軍では少将に相当することになっている。しかし、軍人ごっこに興じる親衛隊のお偉方の狂態を見るにつけ、彼の心の中にはうしろめたさに似た感情が沈殿《ちんでん》していた。

だから、「将軍」と呼ばれると無意識に表情を硬くしてしまうのだが、近しい友人や部下たちの中にはそれを知った上で面白がり、わざとそう呼びかけてくる者もいた。

今、電話の向こう側にいる人間も、そうした手合いの一人だった。

《こっち《ベルリン》は今、暖炉《だんろ》に放りこんだ缶詰みたいなもんでね。あっちもこっちも真っ赤っかに燃えてる上に、フライパンの上のどんぐりみたいにいつ破裂するかわかったもんじゃありませんや。脱出方法なんてものがあるんだったら、そいつでこれから一儲《もう》けして一生食うには困らなくなりますぜ。まあそれに……》

圧倒的物量差に押し潰され、孤立したベルリンはもはや陥落寸前である。

帝都を包囲する赤軍の兵力は五〇万を数える。

徐々にその輪を狭《せば》めていく彼らを出しぬき、生きてそこから脱出することなど、まず不可能と言ってよいだろう。

容易に、想像することができた。

悲鳴と銃声と爆音の狂想曲が絶え間なく、かつ容赦《ようしゃ》なく鳴り響き、街が、人が根こそぎ破壊され、老若男女の区別なく鏖殺《おうさつ》されていく有様を。

それは彼ら自身が何年にもわたり、ヨーロッパ中で行ってきたことでもあったのだ。

そして、それだけならばまだよかった。

《それに……あの怪物どもが、見逃してくれやしませんさ》

怪物――そう、怪物だ。

今この瞬間、ベルリンは赤軍以上に厄介《やっかい》な怪物たちに蹂躙《じゅうりん》されているのである。

死んだはずの者たちが墓から蘇《よみがえ》り、赤軍の戦車部隊以上の破壊を繰り広げる。

まるで、ウーファの恐怖映画で展開される超自然の物語が、スクリーンから溢れ出したかのような――そんな悪夢が現出しているのだった。

男は、溜息をついた。

気休めを口にしたのは、小さからぬ動揺を誤魔化《ごまか》すためでもあった。

いかなる魔術の業か。

血と炎の照り返しを受け、赤く染まった首都の空に映し出されているという、巨大な――とてつもなく巨大な鉤十字《スワスチカ》。

その中心を貫くように屹立《きつりつ》する空中の尖塔に、あの男の姿が確かに見られたという。

人に非《あら》ず。

黄金の獣。

黒太子。

忌《い》むべき光。

破壊《ハガル》の君。

そして、かつては彼――ヴァルター・シェレンベルクの上官であった男。

親衛隊の暗部、ひいてはドイツ第三帝国の影の部分を象徴する、国家保安本部の支配者。

ラインハルト・トリスタン・オイゲン・ハイドリヒの姿が。


「バカな、彼は……死んだはずだ！」

最初に口を衝《つ》いて出た言葉は、我ながらなんとも月並みに思える反応だった。

《大事な話がある。すぐ、会いたい》

そんな内容のメッセージを受け取り、親衛隊本部のあるプリンツ・アルブレヒト通りの一角、秘密警察《ゲシュタポ》の旧本部をそのまま転用した刑務所にシェレンベルクが足を運んだのは、三月も半ばを過ぎた頃のことだった。

ここに収容されているのは、国家に対する重い罪を犯したと見なされる犯罪者ばかりである。

その日、彼が訪ねたのはそうした収監者たちの中でも大物の中の大物。

つい一年前までは、国防軍の軍事情報部《アプヴェーア》の長官として、国防軍《ヴェーアマハト》の課報《ちょうほう》・防課部門を一手に取り仕切っていたヴィルヘルム・カナリス海軍大将である。

一八八七年の最初の日に生まれ、第一次世界大戦を生き抜いた歴戦の海軍士官であった彼は、チリの収容所からの脱走劇、スペインにおける潜水艦基地の建造など課報工作においても優れた素質を発揮し、一九三〇年代半ばから現職に就いていた。

カナリスは、軍の高官たちが数多く関与した一九四四年七月二〇日のヒトラー暗殺未遂《みすい》事件

への関与を疑われ、その三日後に逮捕されて以来、この施設に拘禁されていた。

彼を逮捕したのは、他ならぬシェレンベルク自身だった。

軍と親衛隊それぞれの情報部門の指揮官として、職務の上ではライヴァル関係にある二人だが、私生活では非常に親しい間柄だった。

陸軍参謀本部の対ソ連諜報の責任者であるラインハルト・ゲーレンをはじめ、野心家の機会主義者と噂《うわさ》される親衛隊将校との交流についてカナリスに警告する者は多かった。

だが、カナリスは同輩たちのそうした忠告を、いつも笑顔で退けた。

シェレンベルクもまた、隙あらば彼の足を掬《すく》い、現在の地位から引きずり降ろそうと目論《もくろ》む、同輩とは名ばかりの政敵たちの追及を巧みにかわしながら、有事の際のパイプ維持というお題目を盾にして老友との交流を続けていた。

親衛隊のハインリヒ・ヒムラー長官が、シェレンベルクにカナリス拘束を命じたのはそうした事情もあったのだろう。

だが、それ以上に——ナチスのお偉方一人一人の弱みを握っていると噂されていたカナリスへの畏《おそ》れが、その命令の背後に潜んでいたように思える。

ドイツ第三帝国のあらゆる秘密に通じ、進行中のあらゆる陰謀の証拠を握り、執務机に居ながらにしてそれらを手玉にとってみせるとすら噂される、軍服姿の枢機卿《すうききょう》。

そんなカナリスがシェレンベルクに告げたのは、シェレンベルクのかつての上司の消息にまつわる、驚くべき言葉だったのである。

「ハイドリヒ閣下は死にました……もう三年も前のことです。彼は逝《い》ってしまった。身罷《みまか》られた。魂は天だか黄金宮《ヴァルハラ》だかに召され、肉體《にくたい》は土に還《かえ》った。間違いなく確実に。私もあなたも彼の葬儀《そうぎ》に出席し、彼の亡骸《なきがら》を直に、この目で見たじゃないですか、提督《アトミラール》」

第一次世界大戦中、海軍潜水艦隊のUボート艦長であり、その後も艦長職を歴任してきたカナリスは、親しい人間からは提督と呼ばれている。

「確かに。だが、この私が彼を見間違えると思うかね？」

「いや……そうは思いませんですが、しかし……」

言葉に詰まったシェレンベルクは、まじまじと老人の姿を見つめた。

考えたくないことではあるが、少しでも狂気の兆候があればそれを見定めようという強い意志を、視線に込めながら。

少し、痩《や》せたように見える。

ヒムラーのはからいで、独房ではなくホテルの一室のような部屋での監禁ではあったが、八カ月という歳月は、元々余分な脂肪があまりついていなかった彼の身体《からだ》から、さらにいろいろなものをそぎ落としたようではあった。

その目には以前と同じ、見る者を落ち着かない気分にさせる奇妙に強い光があった。

だが、シェレンベルクは同時に、以前にはなかったものをカナリスの目の中に見出した。

諦めに似た、停滞感。

そして、窓ガラスについた一点の染みにも似た、わずかな恐怖の影を。


老人と若者を結びつけたのは、共通の友人の存在だった。

ラインハルト・トリスタン・オイゲン・ハイドリヒ。

親衛隊に加わる以前、ドイツ海軍の士官候補生であった彼は一九二〇年代、士官候補生の練習艦である巡洋艦〈ベルリン〉に乗り組んでいた。

そして当時、この練習艦の艦長を務めていたのがカナリスだった。彼はこの時から、親子ほど年の離れた若き俊英に目をかけていたのである。

ハイドリヒが海軍を去ったあとも、家族ぐるみの付き合いは継続した。

紆余曲折を経て、ナチス党親衛隊の情報部門の指揮官となったハイドリヒがカナリスの自宅の隣に引っ越していることからも、その付き合いの深さが窺い知れようというものだ。

だが、ハイドリヒは今から四年前、ベーメン・メーレン保護領の総督として赴《おもむ》いた旧チェコスロヴァキア共和国の首都であるプラハにおいて、英国とチェコスロヴァキア亡命政府の差し向けた暗殺者の襲撃を受けた。

そして、この時に受けた傷がもとで命を落としたのである。

ルネサンス時代の一幅の絵画を思わせる、盛大な葬儀がベルリンで催された。

ハイドリヒの亡骸を納めた棺は、内心では彼が命を落としたことに安堵《あんど》し、快哉《かいさい》を叫んでるに違いない第三帝国の高官たちに見送られながら、地中深く――口さがない者たちが「奴の故郷に違いない」と常より主張する場所のより近くに葬《ほうむ》られようとしていた。

ヒムラーに取り入り、保安諜報部《SD》、秘密警察《GESTAPO》の責任者を経て、それらを包括する国家保安本部《RSHA》を創設した、危険きわまる成りあがり。

彼のオフィスの書類棚には、国内の有力者たちの致命的な秘密はもちろん――総統の出生や女性関係にまつわる書類もファイリングされているのだろうと、ひそやかに噂されていた。

ハイドリヒが同輩たちを心の中で蔑《さげす》んでいたのと同様、同輩たちもまたハイドリヒを黄金の獣、死刑執行人などと呼んで忌み嫌い、恐れたのだった。

しかし、誰も彼もが表面上の敬意を取り繕《つくろ》った、グロテスクな仮面舞踏会の如き葬儀の場にあって、老提督《カナリス》だけは本心からの哀悼《あいとう》の涙をとめどなく流していたのである。

シェレンベルクは、その時に受けた衝撃のことを、鮮明に記憶していた。

その――地獄に近い場所で眠っているはずの男が前夜、カナリスの監禁されている一室に忽《こつ》然《ぜん》と姿を現したというのである。

《あなた方は無限に苦しみ、無限に殺され続ける》

ハイドリヒは生前と変わらぬ姿――否、生前よりもさらに豪奢《ごうしゃ》な、おぞましい黄金の輝きをまとい、老人の横たわるベッドの横に傲然《ごうぜん》と立ち尽くしていた。

不遇の人生を変えたければ、魂《たましい》を差し出せ。

敗北主義者の汚名を雪《そそ》ぎたいと願うなら。

契約書のペンを取れ。名を記し、血判を押せ。


ハイドリヒの要求は即ち、悪魔の契約である。

「まるで、メフィストフェレスのような物言いですね」

メフィストフェレス――それは、神学や錬金術などの学問を修めたファウスト博士の前に現れ、その魂と引き換えに欲望を満たすことを申し出たという悪魔の名前である。

「まさにそのものだったと言ってもいい。ラインハルトは、ゲーテも読んでいた」

「それで……あなたは何と答えたのです？」

「無論」

老人は弱々しい笑みを浮かべながら、はっきりとした声で答えた。

「拒絶したよ、もちろん」

ハイドリヒの言葉の重々しい響きは、聞く者に疑いをさしはさむことを許さぬ絶望的な説得力を孕《はら》み、帝国の落日を確信する老人の脳髄《のうずい》を甘く痺《しび》れさせた。

だが、それだけだった。

老人はすでに、涸《か》れ果てていた。

彼が信じ、その勝利を、栄光を願った祖国は、彼にとってはすでに敗北し、滅びていた。

やがてこの国を蹂躙するだろう勝利者という名の侵略者たちによって、制服を着た悪虐《あんぎゃく》なる者たちの行跡が世界に知れ渡った時、ドイツ騎士団国創建以来の輝かしい歴史は地に落ち、その国名は呪わしい言葉として歴史に刻まれることになるのである。

そして、目の前に立つ黄金の獣もまた、同じなのだ。

この戦争に敗北することを確信し、そのことについて微塵《みじん》も疑いを抱いていない。

あたかも、遠い昔からそう決まっていたのだと、知っていたかの如く。

にもかかわらず、勝利《ヴィクトーリア》の栄光のために貢献《こうけん》せよ、呈身《ていしん》せよと、この野獣は言うのである。

それはきっと――いや間違いなく死ぬよりも恐ろしい、おぞましい事に違いないのだから。

《なるほど。では、あなたは今回も、この結末を選ぶのだな。提督》

かつて息子とも思った男の、感情を超越した応《いら》えを耳にした時、彼の思いは確信に変わった。

たとえ囚われの身でなかったにせよ、今さらどうこうするような気力は湧かなかった。

一〇年近くにわたる失望と絶望の連続が、彼からそうした力のすべてを奪っていたのである。

しかし、せめて軍人として、ドイツの国民を守る義務をまっとうしておこう――

その想いに衝《つ》き動かされた老提督は、ハイドリヒから告げられたすべての言葉と、彼の背後に存在するのであろうある組織、その目論みに関わっている可能性の高い幾つかの情報をシェレンベルクに告げた。

そして最後に、ハイドリヒの後任者であるエルンスト・カルテンブルンナー――生前、その下劣な性根をハイドリヒに厭《いと》われた男が未だに発見できずにいた、軍事情報部の秘密金庫の在《あ》り処《か》を教えたのである。

カナリスの処刑は、四月九日に執行された。

部下が発見した秘密金庫の中から、軍事情報部が暗殺計画に加担していた動かしがたい証拠を見つけ出したカルテンブルンナーは嬉々としてヒトラーへの注進に及び、怒り狂った総統は即日、未決案件の処理を命じたのだった。

カナリスは裸《はだか》に剝《む》かれ、ピアノ線を用いた残酷な絞首刑により命を落とした。

シェレンベルクだけはそれを、自殺だと理解していた。

《ベルリンは燃えているか？》

この、謎めいた一言を最後に、ハイドリヒは現れた時と同様、暗がりの中へ消えたという。

その響きはあたかも、審判の時の到来を告げる黙示録の喇叭《らっぱ》吹きのようで――提督にとってそれは、やがて確実に実現する予言に他ならなかった。

ベルリンが災厄に見舞われ、灰燼《かいじん》に帰するのを見ることなく、彼はこの世から立ち去ってしまいたかったのだろう。

敢《あ》えて苦痛に満ちた死に方を受け入れたのも、軍人としての誓いをまっとうできなかった自分に対する、罰のようなものであったに違いない。


老友の遺言とも言うべき秘密を託されたシェレンベルクではあったが、わずか一カ月の間にできたことはそう多くはなかった。

ロンギヌスの聖槍《せいそう》。

黒円卓。

聖槍十三騎士団。

ヒムラーを問い詰め、これらの単語とその意味するところを聞き出すことはできた。

それは、秘密警察《ゲシユタポ》や殺戮駆除部隊《アインザッツグルッペ》、ドイツ古代遺産継承局《アーネンエルベ》、〈生命の泉《レーベンスボルン》〉といった、第三帝国の組織機構の中でも特にうしろ暗い、いかがわしい部署からかき集められた者たちからなる、親衛隊の内陣組織《インナーサークル》である。

ハイドリヒのような徹底した現実主義者が、親衛隊の恥部とも言うべきヒムラーの戯《たわむ》れに関わっていたとは――シェレンベルクは驚愕《きょうがく》した。

ヨーロッパの神話、伝説にかぶれ、ザクセンの〈スラブ征服王〉ハインリッヒ一世の生まれ変わりと自らを信じたヒムラーが親衛隊を黒衣の騎士団と規定し、ビューレンのヴェヴェルスブルク城でイエズス会じみた秘教結社ごっこに興じている――そういう話自体は知っていた。

だが、そこで行われていることには、極力目を向けないようにしてきた。

彼をこの国有数の情報機関員となさしめた天性の演技力をもってしても、軽侮の念を悟られないよう押し隠す自信がなかったのである。

ヒムラー自身、自ら創設に関わったこの組織からとうの昔に遠ざけられていたため、何一つ知らないも同然だった。

まして、死んだはずのハイドリヒの復活など想像だにしなかったようだ。

シェレンベルクが控えめな言い方でその可能性を伝えた時、親衛隊長官の目に浮かんだわずかな怯えの影は、かねて耳にしていた一つの疑惑を裏付けているようだった。

暗殺者の襲撃を受け、ブロフカ市立病院に運び込まれたハイドリヒに直接の死を与えたのは、見舞に赴いたヒムラーの伴った親衛隊の医師たちであったという噂である。

一九四二年の時点で、親衛隊を実質的に支配していたのは、子供じみたと評するにはあまりにも禍々《まがまが》しい誇大妄想を除けば、田舎《いなか》の教師然とした平々凡々たる丸眼鏡の長官ではなく、国家保安本部の責任者として国内の警察組織を一手に握るハイドリヒに他ならなかった。

そして、最も力強い味方は往々にして、最も厄介な敵なのだ。


第三帝国の選りすぐりの、一三人の殺戮狂《さつりくきょう》たちを中心に組織されたという聖槍十三騎士団。

その目的はともかく、その行動は虐殺という形で顕《あらわ》れるはずだった。

カナリスの示唆《しさ》、そしてヒムラーの情報に基づき、手早く記録を洗い直したシェレンベルクは、一つの不快な、しかし無視できない可能性に行きあたった。

戦争の末期、彼の保安本部第Ⅵ局とカナリスの軍情報部は、国外の通信やラジオ局の電波を傍受し、その分析にあたっていたのだが、時折、奇妙なニュースに出くわすことがあった。

ある時は、森の近くに展開していた一個戦車部隊が。

ある時は、湖のほとりにあった小さな村が。

ある時は、大量の民間人がいたはずの収容所が。

赤軍の先遣部隊に発見された時、すでにして絶滅していたという報せである。

残されていた大量の死体の有様は、異様なものだった。

銃を持つ者はそれを口に。

刃物を持つ者はそれを胸に。

何も持たぬ者は火の中に。

撃ち、刺し、飛び込んで——そのいずれもが第三者の手ではなく、自ら死を選んだものと目されたという。

誤報か、それとも撹乱《かくらん》目的の欺瞞《ぎまん》情報か。

無論、目撃者の証言などが存在するはずもなく、これらの報告は末期戦につきものの情報の混乱として、より重要かつ具体的な報告書の山の底に消えていった。

末期戦の混沌の裡《うち》に生じた、総計すると数万人に及ぶこれらの不可解な死者たちが、書類上のミスや誤報などではなく、現実に存在したのだとしたら。

そして、その大虐殺《ホロコースト》が、侵攻する赤軍の目をかいくぐってドイツ国内を暗躍する、魔霊の如き少数の殺戮者たちにもたらされたものだとしたら――

《そのとおりであったとして……》

ベルリンが燃える日に、それはまた引き起こされる。

この忌むべき可能性に到達した時、シェレンベルクの脳裏にはなぜか、金色の獣が酷薄な冷笑を浮かべる姿が映し出されていた。


《そのとおりであったとして、では、君はどうするのかね？　友よ《ヴァルター》》

それは、生前の上司がしばしば、シェレンベルクに投げかけた言葉である。

頭の回転が速く、矢継ぎ早に、そして強圧的な口調で命令を下したハイドリヒだが、シェレンベルクに対しては彼の自発的な選択に敢えて任せ、その結果を愉《たの》しむ傾向があった。

その様子はあたかも、桟敷《さじき》席からオペラを観劇する優雅な客のようで――

「相変わらず、面倒くさい人だな。あなたは」

その言葉を発した時、シェレンベルクの口元には奇妙な苦笑いが浮かんでいた。

ハイドリヒの生前、彼が無理難題を言ってくるたびに抗議の意思を込めて浮かべてみせた、怒りとも喜びともつかない歪んだ笑いである。

「この期に及んで、僕に道化役を押しつけてくるとはね。地獄がどれほど退屈な場所だったかは知らないけど、おとなしく死んでいてくれればどんなに……いや」

自分でも驚いたことに、彼は死者の復活という異常現象を、事実として受け入れていた。

「それでこその、あなたか。ああ、まったくね《マイン・ゴット》！」

実際、殺したくらいで死んでくれるような、そんな生易しい男ではなかったのである。

仮にこの大虐殺が彼の意によって遂行されているのであれば、その背後には堅固な、そして周到な計画が存在しているのだろう。

今からそれを押しとどめることはどうしたって、不可能だ。

だが、嫌がらせの一つくらいはできるはずだ。

そのためには――

わずかに考えたあと、シェレンベルクは電話器をとりあげ、ある内線番号を回した。

「Ⅳ局のシェレンベルクだ。プリュッツマン閣下に繋いでいただきたい……ああ、〝人狼《ヴェアヴォルフ》〟の件で緊急の話があると、そうお伝えして欲しい」

シェレンベルクは、戦争が始まる前に流行したアメリカ映画の主題歌を口ずさみながら、ハンス・プリュッツマン親衛隊大将――もとい、上級集団指導者《オーベルグルッペンフューラー》が電話口に出てくるのを待った。

〝Who's afraid of the big bad wolf. The big bad wolf, the big bad wolf...〟（狼なんかこわくな

い、こわくない、こわくない……）

第一幕

ミイラ男と嘘つき少女

Mumie Mann und Lügner Mädchen

Wer ich bin? Dumme Frage!
Ein Mensch wie du...
Wenn ich dich nun fragte, wer du bist?

俺が誰かって？ バカなこと聞きやがる。
あんたと同じ人間さ……
ところで、あんた誰？

——E・シカネーダー、W・A・モーツァルト
『魔笛』より

「……チ」

ギプスで固定された腕を何とか操り、どうにか火をつけてみはしたものの、二、三度煙を吸い込んだところで顔をしかめ、司狼《しろう》は煙草《たばこ》をぷっと足元に吹き出した。

「うまくもなんともねえ……」

わかりきったことではあった。

味覚というものを喪《うしな》って久しい今の彼にとって、煙草なんてものは息を吸って煙を吐き出すだけの玩具《おもちゃ》でしかなかった。

まだしもシャボン玉でも吹いていたほうが、楽しい気分になれるかもしれない。

そんなことは百も承知だが、一度身体《からだ》に染みついた習慣はなかなか消え去るものではない。

だから、ついこうして煙草に火を点けては、結局失望と共に中断するハメになる。

彼――遊佐《ゆさ》司狼が本城《ほんじょう》総合病院に入院する羽目になったのは、今回で二度目になる。

一度目は数カ月前。

真夏の深夜に、湾岸道路でオートバイの事故を起こした時。

この時は、完治はしないまでも一週間ほど入院病棟の御厄介《ごやっかい》になる程度で済んだ。

二度目はつい二日前。

夕陽に照り映えた放課後の月乃澤《つきのさわ》学園の屋上で、腐れ縁《おさななじみ》の級友――藤井蓮《ふじいれん》と大乱闘を演じた末、何とも因果なことに同じ病院に運び込まれたのである。

いつもの乱暴なスキンシップではない。

お互い、殺すつもりでとことんやりあったのだ。

その結果が、全治三カ月のこの身体。重体も重体。客観的に見れば、こうして立っていることと自体難しいコンディションなのだが――

「んでよ……」

振り向きもせず、司狼は背後の気配に向けて声をかけた。

「さっきからオレのほうをジロジロ眺めてるあんたは何？　オレに用でもあるわけ？」

「あ、気づいてたんだ？　何か凄《すご》いカッコしてるからさ、何してるのかなって思って」

返ってきたのは、女の声。

「凄いカッコねえ……」

声が若い。ついでに言えば、病院では聞いたことのない声だった。

どうやら、彼を探しに来た女医だの看護師だのの類いではないらしい。

「まあ、凄いカッコだわな。違いない」

両腕を固定するギプスだけではない。

全身──それこそ、頭のてっぺんから足の指先まで、司狼の身体は包帯でぐるぐる巻きにされていた。何しろ首もがっちり固定されているので、振り向かなかったのではなく、振り向けなかったというのが本当のところではあった。

大昔のホラー映画に出てくるカビ臭いミイラ男以外の何物でもない、重傷患者のお手本のような人間が、付き添いも連れずに病院の屋上に突っ立っているというこの状況。

確かに、奇異な目で見られても仕方がない。

「だけどさ、TPO的にはそれほどおかしい組み合わせでもないんじゃねえの？　こんな不細工なカッコした奴が真昼間の動物園を歩いてたりするほうが、よっぽどシュールだろうよ。むしろ檻《おり》の中に入れとけ、みてえな」

「あはは、そうかも」

笑いながら司狼の視界に入ってきたのは、彼と同年代らしい少女だった。

「面白いこと言うのね、キミ」

大胆に肩のあたりが開いたシャツ。

短めのスカートから伸びる健康的な足には、膝上《ひざうえ》まで届くブーツを履《は》いている。

可愛《かわい》いというよりも、恰好いいという形容が相応《ふさわ》しい。

要するに、ここが病院であるという立地を考慮するならば、司狼よりも彼女のほうがよほど場違いな服装をしている。

思わず、口笛を吹いてしまった。

「何よ、いきなり」

「なんつーかさ、そんな生足むき出しで、あんた寒くねえの？」

とりあえず、正直な感想をぶつけてみた。

一〇月の頭といえば、冬の入り口だ。

ここ数年、いよいよもって四季の区別がつかなくなってきたとはいえ、真夏の盛りのような格好で外を歩ける時期ではない。

返ってきたのは、鈴を転がすような笑い声だった。

「へえ、そういう反応するんだ」

セクハラ以外の何物でもない言葉に鼻白《はなじろ》むでもなく、猫のような悪戯《いたずら》っぽい笑顔の少女。

つーか、実際猫なのかもな。そう思った。

「することないならさ、暇潰しに付き合ってよ」

「生憎と、こちとら見てのとおりの怪我人でね。お嬢さんの御期待に添えるかどうか……ま、いいや。あんた、そっちこそ暇ならちょっと手伝ってくれね？」

「どうすればいいの？」

「オレのジャケットのポケットに、折り畳《たた》んだ紙が入ってる。それ取り出してさ、オレが読みやすいように広げてくれよ」

「ん、わかった」

随分親切な猫もいたもんだ。

さっき捨てた煙草、マタタビ成分入りだっけか？

益体《やくたい》もないことを考えながら、少女が広げてくれた紙を覗き込む。

「これ、ここの病院のカルテじゃない。どしたの？」

「隙を見てくすねてきた」

「くすねたって……」

身も蓋もない司狼の返答がツボに入ったらしい。

必死に笑いを噛《か》み殺している。変な顔。

それはそれとして、別の問題が発生した。

「……」

「変な顔して、どしたの」

「あんた、ドイツ語読める？」

医療機関で用いられている患者のカルテは、伝統的にドイツ語の筆記体で書かれている。

西洋式の医療技術をプロイセンに学んだ明治時代以来の慣習ということもあるが、病状や所見を患者から隠すという目的も存在する。

最近は若い世代を中心に、英語、日本語の混在でカルテに記入する医師も多いと聞くが、司狼を担当したのは実にわかりやすくもカイゼル髭《ひげ》まで生やした老齢の外科医で、昔ながらのドイツ語をカルテに使用していたのだ。

「どうして読めると思ったのよ」

「何となく」

「まあ、読めるけど」

「読めるのかよ」

やっぱり、変な奴だ。

正直言って、自分が真っ当な人間に見えないことについては、いやってほど自覚がある。

外見の話ではない。纏《まと》っている雰囲気とか、そういったものの話だ。

そんな自分を相手に、物怖《ものお》じすることもなくこの態度。

こういう手合いが、幼馴染《おさなな　じ》みのバカスミ以外にいるとは思わなかった。

いや、変な奴と言えば人後に落ちない先輩もいたな、そういえば。

世の中、変な奴というのは意外に多いものだ。

「ね……失礼なこと考えてない？」

「あんたの綺麗《きれい》な生足を観賞するのに忙しくて、何も考えちゃいねえよ。とりあえず、ここ読んでくれない？　日本語でさ」

「ええとね、シロウ・ユサ」

「それオレの名前。そっちじゃなくて、こっち」

「あー、ちょっと待って……ちなみに、私の名前はエリーって言うんだけど」

「別に聞いてねえ」

エリーね、覚えとこ。

そう思いながら司狼が顎先《あごさき》で示したのは、カルテに記されている病状の欄《らん》である。

「……左頬骨《きょうこつ》及び、上顎《じょうがく》骨、下顎骨骨折。右眼底骨骨折。鼻骨《びこつ》骨折。左鎖骨《さこつ》完全骨折。左上腕骨、及び左中手骨不完全骨折。右肩脱臼《だっきゅう》。右尺骨《しゃっこつ》、中手骨及び手根骨完全骨折。右肋骨《ろっこつ》三番四番不完全骨折及び、五番六番複雑骨折。左肋骨四番五番六番完全骨折及び、七番八番複雑骨折。右大腿骨《だいたいこつ》不完全骨折。右脛骨《けいこつ》、左腓骨《ひこつ》及び、両中足骨完全骨折。その他、捻挫《ねんざ》、打撲《だぼく》、擦過《さっか》傷《しょう》及び裂傷、全身合わせて四八箇所……」

「……ふうん」

すでに主治医から聞かされていたことではあったが、他人の口から改めて聞かされると、流石《さすが》に呆《あき》れてしまう。

五体不満足、重傷も重傷である。

こうして動いていられるのが嘘のようなコンディションだ。

自分のことながら、笑いすらこみあげてくる。

「凄いわね。スーパーマンとでも殴り合ったの？」

この大惨事を見てそういう反応を返してくるあたり、この女もどっかおかしい。

オタク？　あんたオタクなの？

などと茶化したくなるのをぐっと堪える。

「殴り合ったのは確かだけどな。スーパーマンとやり合ってこの怪我で済むなら、オレはバットマンに転職してやるよ。金持ちなんだろ？　中の人」

軽口を叩きながら、司狼の心は別のところにあった。

左頬骨及び、上顎骨、下顎骨骨折。右眼底骨骨折。鼻骨骨折。左鎖骨完全骨折。左上腕骨、及び左中手骨不完全骨折。右肩脱臼。エトセトラ、エトセトラ。


――まったく同じじゃねえかよ、畜生《ちくしょう》。


昨日、着替えを持って彼の病室を訪れたバカスミ――綾瀬香純《あやせかすみ》から聞かされたもう一人の負傷箇所と一〇〇パーセント、一字一句完全に一致していたのである。

だけど、実のところさほど驚きはなかった。

そんな予感がしていたからだ。

いや、既知感というべきだろうか。

つい三日前、彼――遊佐司狼と藤井蓮は、学校の屋上で潰し合った。それも、沈みゆく夕陽を背負うなんていう少年マンガ的なシチュエーションで。

殴り合いだなんて上等なものじゃない。

剝き出しの暴力の衝突。殺意のぶつけあい。

互いに相手が死んでも構わないと思いながら拳《こぶし》を、足を、歯を全力で叩きこんだ。

ダチ同士の乱暴なじゃれつきを越えた、文字どおりの殺し合いである。

筋金入りの見た目草食系事なかれ主義者を相手に、相手が絶対に引けないジョーカーをちらつかせて、ようやくガチバトルに持ち込んだのだ。

にも関わらず決着らしい決着はつかず、せめて重傷の度合いで勝ち負けを決めてやろうと、苦労してカルテの写しを持ちだしてみた結果がこの有様である。

苛《いら》ついたし、腹も立った。

何よりもムカつくのは、自分が心のどこかで、この結果を確信していたことだ。

どうせこんなことになるとわかっていた。

その上で賭《か》けに挑み、その上で敗れた。

いつからだろう。自分がこういう違和感——既知感という檻《おり》に囚《とら》われるようになったのは。

日常生活に影響が出るレベルで、それが強くなったタイミングははっきりしている。

数カ月前、オートバイで事故った時からだ。


後天性の無痛症。

あの時に世話になった、この病院の医者はそう言っていた。

頭部への強い衝撃を原因とする、外部刺激に対する全般的な感覚の喪失。

遊佐司狼は、痛みを感じない。

これほどの重傷を負いながら、立って動けるのはそれが理由である。

遊佐司狼は、汗をかかない。

感覚神経がマトモに機能していない彼の脳は、体温調節を行うことができない。

そして遊佐司狼は、味というものを感じない。

煙草の味が無性に恋しくなる。

もやもやした気分を誤魔化《ごまか》したい時にこそ、あれはもってこいの大人の玩具《おもちゃ》なのに。

「結局、勝ちも負けもナシか……最後に、あいつに送りつけて勝ち誇ってやろうって思ってたのによ……」

「あいつって……喧嘩《けんか》相手？」

「そんなとこだ。さーて」

固定され、身動きのままならない身体に可能な範囲で、ぐっと背筋を伸ばした。

確かめたいことは確かめられた。

望まない結果ではあったが、だからこそ踏ん切りもつく。

腐れ縁を清算して、人生の次のステップに進まなければならない。

大して長い時間が残されているわけでもないが、既知感に支配された遊佐司狼の人生は、生きながらにして死んでいるも同然だと悟ったからこそ、彼はすべてと訣別《けつべつ》してきたのだから。

そして今――その扉らしきものが自分からこっちにやってきてくれた。

「さっきも聞いたけどさ、オレに何か用でもあるわけ？　本城エリーさんよ」

＊

ビンゴ。

妙に人なつっこい観光地の猫のようだった少女の様子が、スイッチを切り替えたような鮮やかさで瞬時に変化する。

とりあえず言ってみるものだと思いつつ、首筋の毛がぞわっと逆立つのを感じた。

中学の修学旅行先でちょいとやらかしちまって、人相の悪いホンショクのおっさんたちに取り囲まれた時よりも、よっぽどヤバい匂いが漂っている。

前言撤回。こいつは猫なんてシロモノじゃない。

猫なで声で油断させた赤ずきんちゃんをパクリとやる、狡猾《ろうかつ》な狼の類《たぐ》い。

つまり、彼の同類だ。

「私のこと、知ってた？」

「いんや、ついさっきまで、あんたのことなんか見たことも聞いたこともなかった」

せいぜいわざとらしく見える感じで、せせら笑ってみせる。

「何？　自分のこと有名人だとでも思ってたわけ？　自意識過剰にもほどがあるだろ。この街のセレビッチな上流階級の間ではそうなのかもしれないけどさ、アイニクと一介の男子高校生がシャコーカイのことなんざ知ってるわけねえって」

「なら、どうして……」

警戒半分、興味が半分といったところか。

さて。ここからが本番である。

何もかも知っていて絡んできたんだろうこの女から、この場の主導権を奪い取ってやるのだ。

まず、相手を呑んでかかってやること。

それが、司狼が実戦を通して学んできた、ケンカの必勝法だ。

「ここの屋上はさ、そっちも知ってると思うけど、関係者以外立ち入り禁止なんだよ」

口から出まかせ。

その場の思いつきでしかなかったが、決してそのことを相手に悟られぬよう相手の目を正面から覗き込むようにして、司狼はよどみなく言葉を続ける。

「オレはさ、こっから入れる職員用の非常階段で病院から抜け出そうと思って、カルテを拝借するついでに担当医のセキュリティカードをすり取ってここに入りこんだわけなんだがよ、その時に自動ロックがかかってるのを確認しといた」

本当の話と、嘘の話を織り交ぜながら。

「その上で、オレのあとから入ってきたってことは——」

まるで、聴衆相手に推理を披露する探偵か何かになった気分。

幼馴染み二号《バカスミ》あたりが見たら何度突っ込まれたかわからないし、先輩なら情熱の欠けた拍手喝采《かっさい》をしてくれたことだろう。

ただし、なにぶん探偵役は天知茂《あまちしげる》でも古谷一行《ふるやいっこう》でもなく、全身ズタボロかつ包帯ぐるぐる巻きの高校生なので、いささかサマにならないのが難点だったが。

「謎の少女Aはこの病院の関係者だってことになる」

司狼は、滔々《とうとう》と言葉を続けた。

「でもって、あんたは女医や看護師には見えねえし、事務員って感じでもねえ。加えて、そんな目立つ恰好で病院の中をうろついても誰かに咎《とが》められたりしない奴とくれば答えは一つ」

あとは、自分の直感を信じ、相手にぶつけるだけだ。

「地元の名士にしてこの病院の経営者、本城サマ御一族の誰かってことさ」

「へえ……驚いた。結構、頭が回るんだね」

割とテキトーだけどなと、司狼は心の中で舌を出した。

「大病院のお嬢様が、患者が脱走しようとしてるとこに出くわすなんて、そんな御都合主義はマンガやドラマの中にしかないわな。あんた、最初からオレが目当てだったんだろ?」

「キミの存在そのものがマンガとかドラマみたいなものだと思うけど……とりあえず、怪奇ミイラ男の名推理に敬意を表して、いくつか答えてあげる」

険呑《けんのん》な空気が漂っていたものの、エリーと名乗る少女の口元には猫の笑みが戻ってきていた。

どうやら滑らずに済んだらしい。

実のところ七割方ハッタリだったことを聞いたら、この女はどんな顔をするだろう。

案外、かえって喜びそうな気もする。

「本城恵梨依《えりい》。この本城総合病院の院長が、私の父。だけど、あまり苗字で呼ばないで欲しいな。こうやって好きにしてる時は、私はただのエリーよ」

「ただのエリー！　ただのエリーと来たかよ！」

面白セリフに腹筋が崩壊する。

痛覚が麻痺《まひ》していなければ、身体中の傷口が超痛かったところだ。

「いいねえ、オレも一度言ってみたいよそういうセリフ！　最高だなあんた！」

「……右も左も肋骨ポッキポキだったよね。ぶん殴ってあげたら少しは静かになる？」

「あ、それはどうかカンベンしてください本城のお嬢様。折れたアバラが肺に刺さったら今度こそオレ死んじゃうかも。靴《くつ》でも何でも舐《な》めますので本城のお嬢様」

「エリー」

「わかったよ、ただの本城エリー様」

本城の姓を繰り返すのは、もちろんわざとである。

どうやら、この男に自重というものを求めるのはハナから無駄であるらしい——と、そういう印象を与えておくほうが、今後のつきあいのために都合がいいだろう。

「ま、いいわ……抜け出すならさっさとやらないと、そろそろあんたの脱走並びに窃盗《せっとう》行為が病院内に知れ渡ってもおかしくない頃合いよ」

綺麗なラインを描く顎をくいっとそらし、背後を示すエリー。

「ついてきて。わざわざ階段を下りてくよりも、ずっと楽な方法があるの。それとさ……」

エリーは、小悪魔のような笑みを浮かべながら、司狼に手を差し出した。

「私の用件もとうに言ったわよ。することないなら、暇潰しに付き合って……ってね」

＊

実のところ、この出会いは偶然でも何でもなく、最初の出会いですらなかった。

エリーと名乗る少女と遊佐司狼の邂逅《かいこう》は、アルバイトに精を出してようやく購入したバイクが、彼の身体のいくつかの機能を道連れにしてスクラップになった真夏の夜に遡《さかのぼ》る。


「アイアンボール？」

騒音と嬌声《きょうせい》が飛び交い、けばけばしいネオンの光が夜闇を押しのける、眠りを知らぬ繁華街の奥。クラブ〈ボトムレス・ピット〉のバー・カウンターで、エリーは喧騒《けんそう》を貫いて耳に飛び込んできた聞き慣れぬワードに片眉《かたまゆ》をあげた。

「いや、ホールっすよ。アイアンホール。ほら、サーカスとかであるっしょ。ジャングルジムみたいな丸いやつの中に入って、単車がぐるぐる回るやつ」

「ああ……あれ」

サーカスなんて、幼少期に家族に連れられて行ったきりで、そういう出し物があったかどうかも覚えていないが、そういうものがあることは知っていた。

「それで？」

「こないだ、オレとサモとジャガーの三人して湾岸のドライブウェイを走ってたんすけど、何かでっかい廃墟があったんで、ちょっとタンケンしてみたんす。そしたら、ジャングルみてぇな林の中にでっかいボールが転がってたんすよ。そん時の写真をみんなに見せたら……」

得意げに話すのは、仲間内ではジャッキーと呼ばれている少年だ。

日米ハーフとか、そういうわけではない。若い頃のジャッキー・チェンに面差しが似ていることから、何となく定着したニックネームなのである。

〈ボトムレス・ピット〉のホール奥に位置するバー・カウンターの利用を許された常連は皆、本名ではなくニックネームで呼び合っている。少年の話の中に出てきたサモ、ジャガーといった人名もそうだった。

軽薄な口調のジャッキーだが、いつも清潔な身なりをしていて、発音もよどみない。酒もタバコもドラッグもやるが、覚醒剤には手を出さない。

表向きの顔は進学校に通う優等生で、すでに大学の推薦入学枠を勝ち取っているらしい。

全部が全部というわけではないが、〈ボトムレス・ピット〉によく出入りする若者たちの中で、エリーと直接言葉を交わせるくらい近しくなった人間には、ホワイトカラーの人生を歩みながら、そこからわざわざ好き好んで逸脱した人間が多い。

「その中で遊ぼうって話になったわけね。どれどれ」

エリーは、ジャッキーが掲げる携帯電話を覗き込んだ。

蔦蔓《つたつる》に絡まれ、雨晒《あまざら》しでところどころ黄ばんだ感じになっている透明の球体が、怪しげなポージングを決めたサモ、ジャガーの二人と共に写っている。

たぶん、漫画か何かのポーズを真似しているのだろう。

見覚えがあった。バブル経済華やかなりし八〇年代末期に諏訪原《すわはら》の海岸線に建設された、何とかいう施設のエントランス広場に設置されたオブジェであったと思う。

バイオ・テクノロジー企業が運営母体で、生物の遺伝子を扱うバイオセーフティーレベル4──いわゆるP4実験施設が敷地内に存在することから、遺伝子組み替え実験に反対する活動家たちがわざわざ国外からやってきて、プラカードを掲げて座りこむようなこともあった。

元々、医療系企業の従事者が多く住んでいる諏訪原市では、そうした反発者は少なかった。年に数度、市民や観光客向けの公開イベントを行っていたこともあり、テーマパークめいた広報施設と思われていた観すらある。

たしか、何年か前に経営母体の企業が閉鎖を発表したものの、建物の取り壊しが始まるでもなくそのまま放置されている──そんな話を聞いたことがある。

たぶん、彼女の実家も何かしら関わっているのだろう。

「どうでもいいけど、これたぶんガラス張りだから、中をバイクで走り回ったりしたらグチャグチャに割れて大変なことになるわよ？」

「ええー」

「マジっすか？」

エリーの指摘に気勢をそがれ、落胆する一同。

「それはそれとして……」

飲みさしのグラスをカウンターに置き、猫のような笑みを浮かべて立ち上がる。

「廃墟探検ってのは、面白そうね」

その瞬間、クラブ奥にさっと緊張が走る。

それは、彼女の身内以外の客についても同様だった。

ついさっきまでカウンターでクダを巻いていた浅黒い肌の少年を背後に従え、エリーが歩みを進めるだけで客たちは急いで道を開ける。

ジャッキー以下の少年たちも、相変わらず談笑を続けながら——しかし、おかしな動きを見逃すまいと周囲に油断なく目を走らせながら、彼女を取り巻くような位置取りで歩いていく。

あたかも、剣を捧げた姫君を護衛する騎士団の如く。

その光景は、とても二〇歳を超えているようには見えないこの少女こそが、クラブ〈ボトムレス・ピット〉の支配者であることをはっきりと示していた。

夜の王女。

それが、諏訪原のダークサイドの顔役の一人であるエリーの呼び名である。

＊

結論から言えば――夜の廃墟探検としゃれこもうと湾岸道路にバイクを走らせたエリーたちが、前世紀の夢の残骸に辿《たど》りつくことはなかった。

代わりに見つけたのは、別の残骸。

横倒しになり、篝火《かがりび》のような焔《ほのお》をあげて燃え盛る一台のオートバイと、道路の真ん中で大の字になって倒れている、彼らと同年代と思しい一人の少年の姿だった。

「こりゃあ……」

「ひどいわね」

間違いなく、横転したオートバイに乗っていたのだろう。

少年が重傷を負っていることは明らかで、まずいことに頭のあたりから赤黒い染みが、今この瞬間にもアスファルトの上へじわじわと広がっていた。

そこは、高潮の危険性から数年前に廃止された旧道である。

ガードレールで封鎖されているので、彼女たちとて炎上するオートバイが目に入らなければ、わざわざ入りこんだりはしなかった。

「オレたちが、第一発見者みたいですね」

エリーの親衛隊長のような立ち位置にある、グレイと呼ばれる細身の少年が、あたりを見回しながらそう言った。

グレイというあだ名は、少し青みがかった灰色のライダースーツに由来する。

仲間内ではいかなる場所、いかなる時であってもヘルメットを外さない変わり者として知られ、素顔を見た人間はエリーを除くと古参の数人程度だというのがもっぱらの噂《うわさ》である。

「オレが救急車を呼びます。エリーさんは、こいつらと先に戻ってください」

グレイの言葉は、彼女が面倒事に巻き込まれることに配慮したものだった。

「ありがと。だけど、その前に……」

エリーは横たわる少年の傍《かたわ》らにしゃがみこむ。

「とりあえず、やれることだけでもやっとくわ」

「え、でも、こういう時ってヘタに手を触れたらポリから文句言われるんじゃ……」

バイクにまたがったままのジャッキーが、こわごわと声をかけてくる。

「ばーか」

エリーはヘルメットを脱ぎ、グレイに渡した。

「口や鼻から流血してたら、気道を確保しないと窒息の危険性があるのよ……っちゃー、シールドはヒンジが歪んじゃって動かないわね」

家業の関係もあり、エリーはそうしたことをよく知っていた。

顎のベルトを手早くはずし、ヘルメットの脇から手を入れて樹脂が破けるのに構わずチークパッドを引き抜いた。

続いて、頸椎《けいつい》に力がかからないようゆっくりとヘルメットを外す。

褐色に染められた、硬質の髪がヘルメットからこぼれ落ちる。

ヘッドライトに照らしだされた肌は、まるで死人のように白い。

「ッ……」

外気に晒《さら》された少年がうめき声をあげ、薄目を開ける。

息がある。安堵《あんど》した彼女は、自分の手の中にある少年の顔を覗き込んだ。

「ねえ、私の声が」

聞こえる……？

目が合ったのは、そう言おうとした時だった。

瞬間、恐ろしい怪物が、彼女の眼前で巨大な顎《あぎと》を広げでもしたような、これまでに一度として感じたことのない、形容しがたい戦慄《せんりつ》が心の中を走り抜けていく。

指先が震える。

背筋を冷たいものが伝っていく。

永遠にも似た一瞬のあと、彼女の魂《たましい》を喰い荒らした少年の眼光がふっとやわらいだ。

「何だよ……」

かすれ気味ではあったがはっきりと透《とお》る、一度耳にしたら二度と忘れられないような声。

「天使様がいやがる……天国行きとか、ガラじゃねえんだけどなあ……別の誰かと間違えてんじゃねえの？　だけど……」

持ち上げられた右手がエリーの頬を軽く撫で——

「……俺の暇潰しに付き合ってくれるなら……天使がパートナーってのも悪くねえなァ」

そのまま、力なく垂れさがる。

エリーはもちろん、彼女たちを取り巻く少年たちが声もなく見守る中、瀕死《ひんし》の少年はふてぶてしくも、静かな寝息を立て始めていた。

市内有数の大病院、本城総合病院の救急車が、少年を担架に乗せて運び出していく様子を、エリーは数百メートルばかり離れた海岸から眺めていた。

打撲や失血が酷いようだったが、命には別条ないだろう。

根拠はないけれど、そんな予感がしていた。

そうでなくては困るという、彼女の側の事情もある。

ただ一度、目と目が合っただけ。

会話にもならない、うわごとのような言葉をかけられただけ。

だというのに、こんなにも興味が湧く。こんなにも知りたいと思う。

エリーを取り巻く人々――家族や仲間たちのすべてが色褪《いろあ》せて見えてしまうほどに、あの少年の姿が彼女の脳裏にくっきりと焼き付いていた。

彼女のいるこの世界で彼一人だけが、間違いなく存在しているような。

何てことだろう。これではまるで――

「……まるで、一目惚《ほ》れでもしちゃったみたいじゃない」

その呟きは夜闇に呑み込まれ、地上を照らす星々の他に聞く者はいなかった。

ただし、彼女の顔に浮かぶ表情は、一目惚れという言葉から程遠く――この世に最後に残された獲物を狩り出してやろうと決意したかのような、貪欲《どんよく》な餓《う》えた狼のそれだった。

大分あとになって、彼女は少年の眼を覗き込んだ時に覚えた感情のことをうまく説明しようと試みたが、どうしてもうまく言葉にすることができなかった。
恐怖——確かに恐怖に似ていたが、それ以上のものだ。
歓喜——確かに歓喜に似ていたが、それを越える何かだ。
運命——強いて言えば、それが一番近かったかもしれない。
遊佐司狼とエリー。
都会の荒野に身を潜めて生きてきた二匹の狼は、このようにして邂逅を果たしたのである。

*

事故の衝撃で意識が朦朧《もうろう》としていた司狼のほうはといえば、自分が声を交わした相手のことを記憶にとどめておらず、エリーが発見者として名乗り出るようなこともなかった。

よって、彼の主観では二度目の時こそが最初の邂逅ということになる。

本城総合病院の跡取りと見なされている本城恵梨依——ましてや、クラブ〈ボトムレス・ピット〉の王女《プリンセス》として夜の街に君臨する彼女にとって、入院患者の素性を調べることなど造作もなかった。

遊佐司狼。

月乃澤学園の二年生。

高校に上がった年の春先に諏訪原市内のアパートに引っ越し、一人暮らしをしている。

衣食住については――幼少期から交友があり、同じアパートに住んでいる綾瀬香純が頼みもしないのに面倒を見てくれているので、不自由を感じたことはない。

たぶん、もう一人のオマケ扱いなのだろうけれど。

県内の実家に住んでいる両親は健在だが、仕事の都合からか幼少期より放任気味。バイク事故の時には顔を見に来た母親とも、今回の入院騒ぎでは電話で軽くやりとりしただけだ。

またか、ということなのだろう。

飲酒、免許証不携帯、喧嘩など補導歴多数。

これまで少年鑑別《カンベツ》所行きを免《まぬか》れてきたのが不思議な、フダつきの不良少年だが、もう一人の幼馴染みである藤井蓮との連名で、人命救助の感謝状を警察署から授与されたこともある。

交友関係は、二人の幼馴染み以外では氷室《ひむろ》玲愛《れあ》という同じ学園の三年生のみ。

学園への登校率自体は悪くないが、これはおそらく綾瀬香純の実力行使によるもの。

エスケープの常習犯で、日中、市の郊外でオートバイを走らせる姿がしばしば目撃される。

意外にもこれまで女っ気はなく、親しい間柄である綾瀬香純、氷室玲愛とも男女の仲にはないようで、むしろ同性の幼馴染みとのただならぬ関係を疑われることのほうが多かったようだ。

エリーの通う幸徳《こうとく》女子学園の下級生が中学時代に司狼の同級生だったとわかったので、適当な理由をでっちあげて話を聞いてみるようなこともした。

お嬢様学校の優等生としての昼の生活と、エリーとしての夜の生活をできるだけ遠ざけようと暮らしている彼女にしてみれば、かなり珍しい行動である。

「遊佐君、ですか……?」

どういう理由をでっちあげたかは、もう覚えていない。

ともあれ、意外な名前を聞いたと思ったのだろう。

質問を受けて、その下級生は目を丸くした。

「男子の中でも孤立していたというか、綾瀬さんと藤井君くらいしか仲のいい友達はいなかったみたいなのであまりよく知らないんですけど……場違いっていうのか、浮いていましたね」

「KY《空気読まない》とか、そういう意味?」

「そういうことじゃなくて……普通に中学生やっているのが嘘みたいというか、外国の映画やドラマの中から出てきたみたいな、一人だけ違うって感じがしました」

「ふうん」

〈違う〉という表現が、エリーの記憶に残った。

「でも、女子の間では人気があったんですよ。かっこよかったですし、それに……」

「それに?」

「……優しいとこも、あったですし」

司狼と同じクラスの学級委員長だったという彼女は、そう言って顔を赤らめた。

放課後、居残り作業をしているところを手伝ってくれたとか、不良学生に絡まれたところを助けてくれたとか、そういう具合の学園ドラマにありがちなイベントがあったのだろうと、わざわざ聞くまでもなく推測できた。

その後も、折に触れて遊佐司狼の動向をチェックし、接触のタイミングをはかっていた。

「遊佐……司狼か……」

その名前を言葉に乗せる度に、言い知れない感覚が脊髄《せきずい》を走り抜けた。

なぜ、ただ一度見ただけの相手に、こんなにまで興味をそそられるのか。

エリーは幾度も自問したが、自分を納得させるに足る答えは出せなかった。

箱庭に押し込められた、世間知らずのお嬢様というわけではない。

経歴、能力面で規格外な人間にはこれまでに幾度も接する機会はあったし、身体こそ許したことはないものの、そこそこ踏み込んだ付き合いをした異性もいないではなかった。

未知なるものへの憧憬《どうけい》こそが、人を獣から分かち、人たらしめた所以《ゆえん》であるのなら――

答えのわからぬ疑問の存在こそが、エリーの興味を遊佐司狼へと向かわせたのかもしれない。

瞬《また》く間に数カ月が経過した頃、学校で友人と乱闘し、重傷を負った司狼が本城総合病院に再び運び込まれたという情報が飛び込んできた。

正直、でき過ぎとも言えるタイミングである。

これを、福音と呼ばずして何と言えばいいのだろう。

本城恵梨依がこの病院に姿を現し、人目を避けるように屋上へとやってきた司狼の前に現れることとなった経緯《いきさつ》は、このようなものだった。

怪奇ミイラ男を後部座席に乗せ、本城総合病院の地下駐車場から走り出した車は、誰に見咎《みとが》められることもないまま、丘を蛇行する道を市街地へと下《くだ》っていく。

*

「この車、あんたのか。フツー免許なんか持ってんの？」

身長一七七センチメートル、加えてあちこち固定された身体を子供サイズの物資搬入用エレベーターに押し込まれたのは閉口したが、ともあれ首尾よく抜け出すことができた。

いかにも女性向きという感じのオレンジカラーの軽自動車内は、決して広々としてはいなかったが、司狼は満足げな表情で、後部座席の真ん中にドカッと腰を据えている。

「この国ではね、一八歳から普通自動車の免許を取得できるのよ。知らなかった？」

「なあ。それってあんたが免許証を持ってるかどうかって話と、別に関係ないよな」

「そういう疑い深さはあんまり、男の美点にはならないわよ」

「そりゃまあ、今日初めて会ったお嬢さんに現在進行形で拉致《らち》られてる身としちゃあな」

「免許ならあるよ、ほら」

右手でハンドルを操作しながら、左手で後部座席にパスケースを突き出すエリー。

「……おい、本城恵梨奈《えりな》って書いてあんぞ」

「姉よ。よく似てるでしょ」

「オレ、降りるわ」

「姉さんは今海外にいるから、バレたりしないって」

「いや、そういうことじゃなくてな」

どうやら、本気で慌てていているらしい。

そんな司狼の反応を、エリーは少し可愛いと思った。

「私道ってね、免許ナシでも走れるのよ」

「病院の中ならそうだろうが、ここらの土地が全部あんたんちのものってわけでもねえだろ」

「ま、似たようなものだし」

「治外法権ってわけかよ。金持ちってやつぁ、これだから」

鼻を鳴らし、窓の外に目を向ける。丘を取り巻く雑木林はすでに途切れ、見覚えのあるキャンプ場があっという間にうしろへ流れていく。

〈そういや……〉

感傷にも似た思いが、司狼の心をよぎった。

〈蓮とバカスミ、先輩の四人でバーベキューをやりにきたことがあんな、ここ〉

振り捨てることに決めた過去の、象徴のような記憶。まだそれほど時間が経っていないはずなのに、その記憶は色褪せた写真のように薄く、遠いものとなりつつあった。

司狼の思いをよそに、エリーの運転する自動車は時速六〇キロメートルの速度で、彼を日常の外側へと運び続けていた。

諏訪原市は、人口八〇万人を越える政令指定都市だ。

山あり、海あり、湖ありという恵まれた環境で、関東有数の行楽地として数多《あまた》の観光客を集めているが、そういうイメージがくっついたのはここ数一〇年ほどのこと。

元々は、医療産業で発展を遂げた地方都市である。

今でも山のほうに車を走らせれば、巨大な医薬品製造プラントが立ち並ぶ、映画に出てくる宇宙基地か何かのような工業地帯を拝むことができる。

第二次世界大戦が終わってからこちら、この世界ではひっきりなしに戦争が続いていて、本当に平和な日など一日たりとも存在しなかった。

言うまでもなく、戦争に必要なのは兵器ばかりではない。

諏訪原市の発展は、言うなれば銃火と砲声、大量の死者によって支えられてきたとも言える。

そして今、ハンドルを握りながら気分良く鼻歌など歌っているこの少女が属する本城家こそは、諏訪原市に集まる富の、確実に何割かが流れ込んでいるのだろう一族の一つだった。

司狼は知っている。

風光明媚《ふうこうめいび》、獣が通い鳥が歌う緑に包まれた広大な山野のそこかしこに、産業廃棄物が運び込まれ、不法に投棄される洞窟《どうくつ》がいくつも穿《うが》たれていることを。

嘘か本当かはわからないが、核廃棄物を受け入れる場所もどこかにあると聞いている。

なぜ、そんなことを知っているのかといえば――この町に引っ越してきて以来、幾度もそういう場所でアルバイトをしてきたからだ。

そして、彼の雇い主の中には、本城一族の息がかかった企業もあった。

身元を偽ることとさえできるならば、日雇い労働者の中に混ざって、身入りだけは悪くない危険な仕事にありつくことは、そう難しいことではない。

頼んでもいないのに、諏訪原市の裏事情というやつを彼に教えてくれたのも、そういう仕事で知り合った人々だった。

〈さーて、どうしたもんかな〉

改めて、運転席の本城恵梨依に目を向ける。

今頃になって身分詐称《さしょう》の文句をつけにきたわけでもなかろうが、ノリと勢いでホイホイついて来てしまって、果たして良かったものだろうか。

とはいえ、病院を抜け出したあと、どうするかについてはっきりしたビジョンがあったわけでもなかった。せいぜい知り合いのツテで紛争地域に渡って、傭兵にでもなってみるかなどと漠然と考えていた程度である。

とはいえ、心のどこかに、やっぱりこうなったかという思いもあった。

自分は――少なくとも現在《イマ》の自分は、諏訪原市から、本当の意味で出ていくことはできない。

数日、市外に足を伸ばしたりすることはできるだろうが、何だかんだで戻ってきてしまう。

確信とか虫の報せのようなものであればまだいい。

以前にもさんざん試してダメだった――そんな諦観《ていかん》にも似た確信が、まだ試してもいない内に彼の中に根付いていた。

まあとりあえず、成り行きに任せてみるのも一興か。

黒服の野郎共によってたかって拘束されて、黒塗りのワゴンに連れ込まれたわけでもなし。とって喰われることもないだろうし、まあ喰われてみても面白いと判断した司狼は、とりあえずは今のこの状況を娯《たの》しむことにしようと心を決めた。

「んで、どこに連れてってくれるわけ？　言っとくけどビタ一文持ってねえからラブホとか行ってもワリカンは無理だし、そもそもオレ、肉バイブとしても役立たずだぜ？」

別に冗談でもなんでもなく、掛け値なしの事実だった。

オートバイ事故は、遊佐司狼から男性としての機能も奪っていたのである。

＊

この日、入院患者の一人、遊佐司狼が本城総合病院の外科病棟から忽然《こつぜん》と姿を消した。

その事実はただちに家族のみならず、同じアパートに居住する友人の知るところとなった。

一応、ということで地元警察署に捜索願が提出されもした。

しかし、前後の事情並びに本人の普段の素行、そして失踪《しっそう》の翌日、彼が通う月乃澤学園に本人の自筆になる退学届が郵送された事実を鑑《かんが》みて、事件性はないものと見なされた。

幼馴染みの一人、綾瀬香純によるビラ配りやポスターの貼りつけなどによる懸命な捜索にもかかわらず、遊佐司狼の行方《ゆくえ》は杳《よう》として知れなかった。

本人には連絡がつかなかったが、親族の同意があったため、学園教務課は退学届を受理。

元々、司狼と交流のある学園生徒がほとんどいなかったこともあり、一部の物好きな生徒たちに無責任な噂話の種を残したのを除いて、遊佐司狼という生徒が月乃澤学園に在籍していた痕跡は綺麗さっぱり拭い去られた。

羊の群れの中に狼が紛れ込んでも、羊自身はそのことに決して気付かない。

狼が自分から立ち去ってしまったとなれば、なおのことである。

しかし、羊たちに羊たちの物語があるように、狼たちにも狼たちの物語がある。

そして今、夢見るままに怒りの日《ディエス・イレ》の到来を待ちいたる主人公《エアステ・メンシュ》——藤井蓮の与り知らぬ場所で、もう一つの物語が動き始めたのだった。

第二幕

恵梨依とエリー

Erii und Ellie

Ich will mich hier zu deinem
Dienst verbinden,
Auf deinen Wink nicht rasten und nicht ruhn
Wenn wir uns drüben wiederfinden,
So sollst du mir das gleiche tun.

この世では貴殿の御用を勤め、
指図どおりにお仕えしよう。
ただし、あの世で出くわした折りには、
同じことをしていただかねば

——ヨハン・ヴォルフガング・フォン・ゲーテ
「ファウスト」より

まるで、女郎蜘蛛《じょろうぐも》のようだ。

フレッド・ハーマンと名乗るアメリカ人に本城恵一郎《ほんじょうけいいちろう》が抱いた、それが第一印象だった。

アメリカの製薬会社ブロック・コーポレーションの重役だというその人物に出会ったのは、戦争が終わって間もない一九四六年のこと。

捕虜《ほりょ》としてアメリカに拘留されていた時のことだった。

日本の対米開戦時、フンボルト財団の給費生としてドイツに留学していた恵一郎は終戦をオーストリアで迎え、侵攻してきたアメリカ軍に投降したのである。

「放射線がヒトの生殖細胞に与える遺伝的影響でしたかな。キミの論文は読ませてもらいましたが、日本人にしてはなかなか優秀と言えるようだ」

異様に長い手足と、骸骨《がいこつ》を思わせる落ちくぼんだ目が印象的なその男の態度は傲岸《ごうがん》で、黄色人種への蔑視《べっし》を隠そうともしなかった。

いくぶん甲高く、時に耳触りに響くハーマンの英語には隠しようもないドイツ訛《なま》りがあった。ハーマンという姓も、ブロックという社名も、共にドイツ系の名称である。ドイツ系移民などではなく、おそらく正真正銘のドイツ人。

フレッド・ハーマンというのも偽名だろう。

大戦後の新秩序を巡る国家間の薄暗い交渉の権化とも言える危険な相手ではあったが、腫《は》れものに触るような態度で恵一郎に接する他のアメリカ人たちに比べると明け透けであったぶん、むしろ好感が持てる相手だった。

彼が諏訪原《すわはら》市の出身であったことも、ハーマンの興味を引いたらしい。

「我が社は現在、極東への業務拡大を進めているところでしてね。太平洋戦線がひとまずの決着を迎えたとはいえ、火種はまだまだ燻《くすぶ》っている。日本にも、規模の大きい医薬品製造プラントをいくつか造るつもりなのですよ」

その候補地の一つが、他ならぬ諏訪原市であるらしかった。

ハーマンの口利きによって恵一郎は速やかに自由の身となった。

のみならず、捕虜が鮨詰《すしづ》めになっている復員輸送艦ではなく、ホテルのように設備の整った客船で日本へと帰国することができた。

恵一郎は当然ながら彼のはからいに恩義を感じ、その翌年——一九四七年の秋にハーマンが部下を伴って日本にやって来た時には、彼の案内役を務めもした。

ハーマンは、名前で呼ばれることを好まなかった。

「友人たちからは蜘蛛《スパイダー》と呼ばれている。キミもそう呼んでくれて構わない」

そう言って、彼は乾いた笑い声をあげた。

「蜘蛛のような奴だと思ったのでしょう？　実際、よくそう言われるのですよ」

＊

エリーがまだ幼かった頃、こんな会話を祖父と交わしたことがある。


一人の人間にとって、この世界はあまりにも大きい。たとえば、本の話をしよう。

大きな図書館でもいい。大きな本屋さんでもいい。たくさんの本棚の中に、たくさんの本。

そのすべてを読むだけでも、いったいどれだけの時間がかかるものだろう。

何十年？　それとも何百年？

図書館であれ書店であれ、多大な時間と労苦を費やしてすべてを読みとおしたところで、この世に存在するすべての本を取り揃えるには程遠い。

ほんの上澄みを掬《すく》い取っただけのことでしかない。

今この瞬間にも新しい文字が白紙を埋め、新しい本が印刷されて、本棚に追加される。

「でも、毎日新しい本が印刷されたら、いつかは本棚がいっぱいになっちゃうわ」

そうだね。

新しい本棚を追加する。

さらには、新しい建物を作る。

でも、それでもいずれは追い付かなくなる。

そうなってしまったら、もう仕方がない。

古いものから捨てていくしかない。

エリーが毎日一〇〇冊の本を読んだとしても、毎日二一〇〇冊の新しい本が発売されるのだとしたら、まだ読んだことのない本が毎日、エリーが読むこともできないままに捨てられる。


「そんなの……イヤだな。私は、ぜんぶ読みたいのに」


さまざまな国のさまざまな言葉で書かれた書物が、見た目の虚仮威《こけおど》しではなく機能性を重視して選んだ簡素なデザインの書架に所せましと収められた、ちょっとした図書館ほどの広さがある本城邸の書庫の中。

膝《ひざ》の上で頬《ほお》を膨らませる孫娘の答えを聞いて、老人は皺《しわ》だらけの顔をほころばせ、「エリーは、ファウスト博士みたいなことを言うんだな」と頭を撫《な》でてくれた。

「ファウストはかせって、誰？」

「ヨハン・ゲオルク・ファウスト。大昔のドイツにいた、学者さんの名前だよ」

そう言いながら、祖父は机の引き出しに手を伸ばし、一冊の古い本を取り出した。

外国語で書かれた本のようだった。そして、祖父が開いてみせたページには、卵型の顔に八の字の口ひげを生やし、ケープをまとった壮年の男性の肖像画があった。

「これが、ファウストはかせ？」

「うむ。今から五〇〇年くらい前、この世のすべての知識を得ようとしたという人物だ」

そして、祖父は彼の物語を聞かせてくれた。

すべての学問を究め尽くしてもなお飽き足らず、メフィストフェレスという名の悪魔を呼び出し、魂《たましい》と引き換えに自分の望みをかなえたという、魔法使いにまつわる古い古い物語を。

若い頃、ヨーロッパを遊学していた祖父はこうした物語を数多く知っていて、よく彼女に聞かせてくれたのだった。

「エリーは、彼と同じくらい欲張りだということさ」

最後に、祖父はこう言ってファウスト博士の物語をしめくくった。

「うん、わたし欲張り！　お爺様だって、そうでしょ？」

幼い少女の宣言を、老人はどのような気持ちで聞いていたのだろうか——

それは、決して答えを得ることのできない類いの問いではあったが、彼女は大分あとになって、そのことについてしばしば思いを馳せることがある。

この諏訪原市において市長以上の権力を持つその老人は、人から恐れられる存在ではあっても、決して親しまれる存在ではなかった。

屋敷内で暮らしている使用人たちはもちろん、少女の両親を含む家族たちでさえも、祖父にじっと見つめられると落ち着きをなくす。

恰幅《かっぷく》が良く、義理の父親よりも一回り大きな体格の父親が、祖父の短めな叱責《しっせき》を受け、悪戯《いたずら》を咎《とが》められた幼子のように身体《からだ》を固くするのを見たことがある。

母にしてもそれは同様で、年の離れた姉の恵梨奈《えりな》も祖父を苦手にしていたように思う。

だけど恵梨依は、「エリー」という外国風の発音で彼女に呼びかけてくれることも含めて、祖父のことが大好きだった。

何でも知っていて、好奇心旺盛《おうせい》な恵梨依の疑問を他の大人たちのようにはぐらかしたりせず、どんな質問にも真面目に答えてくれる、厳しいけれど優しいお爺様。

本城総合病院の院長の座を長女の入り婿――恵梨依の父に譲って以来、屋敷にいることの増えた祖父は、こんな風によく、恵梨依の話し相手になってくれた。

もう一人の孫娘である恵梨奈に向けられた愛情が、年の離れた妹に向けたそれよりも小さかったわけではないのだろう。

しかし、すでに高校にあがり、自分自身の世界を作り上げつつある年頃の娘に比べると、可愛《かわい》い盛りの幼い恵梨依と接する時間のほうが必然的に長くなる。

その後、姉ではなく恵梨依のほうを跡取りにという空気が家の中に生まれたのは、今思えば祖父の意向が働いていたのかもしれない。

姉は姉で、本城家の家業とも言うべき医学の道を歩んではいたものの、本城総合病院の勤務医ではない別の道を歩みたいという希望を早々に表明していた。

だから、そのことが原因で家内に波風が立つこともなかったのである。

*

あの年のクリスマスのことは、今でもよく覚えている。

その日、恵梨依は大好きな祖父に連れられて、市長公舎で開かれるクリスマスパーティに行くことになっていた。

「エリーも小学校にあがったことだし、そろそろレディーとしてお披露目《ひろめ》しなくてはな」

レディー云々《うんぬん》は流石《さすが》に冗談だったと思うが、祖父はそう言って出入りの洋服屋を呼び寄せ、彼女にぴったりあつらえた素敵なドレスを用意してくれた。

洋服を仕立ててもらうことは何度もあったけれど、よそゆきのドレスを作ってもらうのは初めてだったので、恵梨依は有頂天になった。

まるで、お姫様になったみたい。

初めてのドレスが嬉しくて、恵梨依は仲の良かったお手伝いの女性に手伝ってもらって、パーティの何日も前から何度もドレスを着用しては、鏡の前でお姫様らしい——と、自分では思っているポーズをとってみたものだった。

カレンダーに×印をつけ、恵梨依は指折り数えながら一二月二五日――クリスマスの到来を待ちわびていた。

だから――

「ごめんな、エリー。お爺ちゃん、大事なお仕事が入ってしまったんだ」

そろそろ出かけようというその時になって、申し訳なさそうな顔をした祖父がそんなことを言い出した時、何を言われたのか理解するのに少し時間がかかった。

「私の代わりに塚本《つかもと》君が付き添ってくれる。お母さんもいるから、エリーは私の分まで楽しんできなさい」

塚本というのは、本城総合病院の事務長を務める初老の男性である。

祖父とは長年の付き合いだが、友人というよりは主君とその老家臣とも言うべき間柄のようだった。幼少期から見知っている母のことを「お嬢様」と呼んでいて、恵梨依のことも自分の孫娘のように可愛がってくれた。

塚本のおじさまのことは、決して嫌いではない。

だけど、そういうことじゃなかった。

私はお爺様と一緒に行きたいのに――!

恵梨依が記憶している限り、祖父が約束を破ったのはこの時が最初で最後だった。

びっくりして、悲しくなって、幼い怒りがこみあげて。

「お爺様を困らせちゃダメよ」という母の言葉も耳に入らず、必死にお願いすればいつもみたいにきっと——そう思って顔をあげた。

だけど、見たこともない表情を浮かべた祖父の顔に、恵梨依は口から飛び出しかけた言葉を呑み込む他はなかった。

大人を困らせるのは、子供の特権の一つだ。

だけど、困らせることと、悲しませることはわけが違うのである。

そうしたことを本能的に感じてしまえる、聡《さと》い少女だったのだ。

「……わかりました。行ってらっしゃいませ、お爺様」

にっこりと笑って、ものわかりのいい子供を演じて。

その時は、そう言って祖父を送り出すのが、精一杯だった。

＊

隙を見てパーティ会場を抜け出すことにしたのは、約束を守らなかった祖父への意趣返しというわけではない。

ただ、我慢できないくらい退屈だったのである。

市内の有力者の子女である同年代の子供たちに引き合わされ、二言三言交わしたりはしたものの、誰も彼も仮面のような笑いを顔に貼り付けて、趣味はどうだの、休日はどんな風に過ごしているだの、最近行った外国の話だの――

まるで判で押したように、同じ話を繰り返すばかり。

母親はといえば、子供たちの集まる中に娘を押しこんで、すっかり安心したのだろう。市長夫人を取り巻くグループの中で歓談中のようだった。

塚本のおじさまも、挨拶《あいさつ》回りに出かけたまま戻ってくる気配がない。

飲み物をもらいにいくフリをして、生垣の隙間に入り込むのは実に簡単だった。

幸い、今宵はクリスマス。

道を行き交う人々は誰も彼もが着飾っていて、ドレスで着飾った女の子が一人くらい紛れ込んでも、さほど違和感を持たれることもない特別な日なのである。

丘の上の市長公舎から姿を消した少女は、やがて祝祭に賑わう繁華街の只中に現れた。


まるで、魔法の国に迷いこんだみたいだった。

ネオンサインの光と陽気な音楽に満ち溢《あふ》れた街は、まるでおもちゃ箱をひっくり返したような、彼女が見たことも想像したこともない賑《にぎ》わいを見せていた。

そこかしこであがる歌声。

きらびやかに飾り立てられた店先。

サンタクロースの扮装を身に纏《まと》い、行き交う人々に声をかける呼び込みたち。

考えてみると、付き添いもなしでたった一人で街にお出かけするのは、これまでに一度もなかったかもしれない。

何て素敵なんだろう。

お爺様に約束を破られたことは悲しいし、頭にきたけれど、こんな体験ができるならちょっとだけ——許してあげてもいいのかも。

生まれて初めて経験する夜の繁華街に魅了され、恵梨依は好奇心の赴《おもむ》くままに歩きまわった。

とはいえ、見るからに上等なドレスを着た六歳の女の子が、たった一人でいるというのは、見る人間が見れば、やはり不自然なのだった。

「ねえ、お嬢ちゃん。お父さんとお母さんはどうしたの？」

巡回中の警察官に声をかけられた時、恵梨依は反射的に駆けだしていた。

「あ、ちょっと、待ちなさい！」

恵梨依は、自分の姿を隠してくれる人ごみの中に飛び込み、その場を離れることだけを考えて走り続けた。

事情を話したら、連れ戻されてしまうに違いない。

そうしたら、魔法がとけてしまう。

せっかくの素敵な時間が終わってしまう。

かけっこには自信があったし、ロングドレスではなかったことも幸いした。

わき目もふらず走って、走り続けて——

気がつくと恵梨依は、二つばかり通りを隔てたオフィス街のはずれに辿りついていた。

「……凄い、真っ暗」

喧騒《けんそう》に満ちた繁華街から少し離れただけなのに、その通りは嘘のような静けさに満ちていた。

いかなる大都市であれ、就労時間を過ぎて歩道にすら人の姿の見られない夜のオフィス街は、ある種の真空地帯となる。

日中の喧騒が嘘のような、無人の廃都《ネクロポリス》。

動いているのは彼女自身と、足元から路上に伸びる自分の影法師だけ。

これもまた、恵梨依が生まれて初めて目にする、夜の街の姿だった。

恵梨依は、ごくりと唾《つば》を飲み込んだ。

時として静寂は、あらゆる騒音をも圧倒する力で人の上にのしかかる。

時計を持っていないので時間を確認することはできないけれど、いくら何でも、彼女がパーティから姿を消したことが露見している頃合いだろう。

そろそろ、帰ったほうがいいのかな――

黒い墓標のように林立する高層ビル群のただ中に、ぼんやりと明るく照らされている一角があるのに気づいたのは、彼女がそんなことを考えた時だった。

「何だろう……あそこ」

恵梨依はそちらのほうに歩いて行った。

きっとあそこには、夜の街が隠している大きな秘密があるに違いない。

初めて尽くしの経験の連続にかきたてられた興奮が、まだ醒《さ》めきっていなかったのだ。

そして──彼女の幼い予感は、ある意味で正しかったのである。

＊

「恵梨依、もう寝ちゃったの？」

「……」

「お爺様、帰ってらしたわよ」

「……」

狸寝入《たぬきねい》りをしているのにはたぶん、気付かれていたと思う。

だけど、疲れていると思ったたのだろう。

幾度か妹に声をかけたあと、恵梨奈はふっと溜息をつくと、寝室のドアを閉めた。

恵梨依は、繁華街の広場でぼんやりとベンチに座っていたところを、彼女を探し回っていた姉に発見され、迎えの車で自宅に連れ戻された。

恵梨依が無事に見つかったことを喜ぶ使用人たち。

娘の頬を叩いたあと、涙を流しながら抱きしめてきた母。

そんな母をなだめる姉。

安堵《あんど》の表情を浮かべつつも、いつになく青い顔をした父。

その父に何度も何度も頭を下げる塚本のおじさん。

「ごめんなさい」という謝罪の言葉をロボットのように繰り返しながら、恵梨依はそうしたすべてをまるで他人事のように眺めていた。


冬休み中の外出禁止。

楽しみにしていた別荘行きもなし。

家庭教師の先生のつきっきりで、勉強に励むこと。

それが、パーティ会場を勝手に抜け出した恵梨依に与えられた罰《ばつ》だった。

部活のクリスマスパーティに参加するため、当時通っていた高校——月乃澤《つきのさわ》学園に行っていた姉は、妹の姿が見えなくなったという連絡を家から受けて、顧問の教師や友人たちと共に夜の街を走り回っていたのだという。

姉には申し訳ないことをしてしまったと思う。

学校で何かあったらしく、その頃塞ぎこみがちだった姉は、ここ数日でようやく以前の明るさを取り戻したばかりだったというのに。

その数日前、姉が想いを寄せていた上級生相手に失恋したことを恵梨依が知ったのは、大分あとのことになる。

だけど、誰かと話したい気分ではなかったのだ。

恵梨依は頭の上まで被った布団の中で身体を丸め、自分が目にしたものについて考えていた。

暗闇に包まれたオフィス街の片隅で、そこだけがぽっかりとくりぬかれたような、何も存在していない広大な空き地。

彼女がそこで見たのは、警備員のような見慣れない制服に身を包んだ男たち。

そして、恵梨依のよく見知った祖父が、見知らぬ外国人と話をしている光景だった。


〈お爺様が、どうしてあんな――〉


外国人。灯りに照らし出されたその顔、その姿を思い出しただけで、恵梨依の全身に得体のしれない震えが走り抜けた。

痩《や》せこけた顔、落ちくぼんだ眼は骸骨を思わせ、病的なまでに蒼白い肌、細身の身体を覆う闇のように黒いスーツと相まって、物語に出てくる死神の姿を連想させた。

あるいは、蜘蛛。

網にかかった獲物の前に這い出し、忌まわしい食欲を満たそうと舌なめずりする足長蜘蛛。


――夜の蜘蛛は悪魔の使い。


祖父の書庫にあった怪奇物語に、そんなフレーズがあったのをおぼろげに思い出す。

決して背が高くないその男性が、日本人としては長身の祖父よりも大きく見えたのは、彼の異様に長い手足が敷石に投げかけていた黒い影のせいだろうか。

それとも――彼の前に立つ祖父が、萎縮《いしゅく》していたせいで？

この街では、祖父が誰よりも上なのだということを、恵梨依は幼いなりに理解していた。

政治家であれ、実業家であれ、どんなえらい人たちだって、祖父の前に立つ時は誰もがへりくだって頭を垂れ、祖父のほうもそれが当然であるような態度で彼らに接していた。


〈そのお爺様がまるで……お母様やお父様が、お爺様と話す時みたいな顔をして〉


今夜、あの場所で、何かが起きたのだ。

恵梨依との約束を破っても、祖父が駆けつけなければならないような、尋常ならざる何かが。

あの場所に漂っていたただならぬ緊張感を、幼い少女は鋭敏に感じとっていた。

そして、彼女の心を捉えていたのは祖父への不満や気味悪い外国人への恐怖ではなく――


〈どうして私は、あの場所にいなかったんだろう〉


自分はもちろん、この街の運命に大きく関わる重大な何かから自分だけが締め出されているという、何とも説明のつかない疎外感《そがいかん》だったのである。

まったく思いもよらない、自分の中に生じた未知の感情をもてあましながら、幼い少女はや

がて、眠りの中に沈み込んでいった。

その夜見た夢は、蜘蛛の夢だった。

人間の骸骨の頭をしたその蜘蛛は、恵梨依の顔を見て軋《きし》るような笑い声をあげた。

蜘蛛は笑い続けた。

いつまでも、いつまでも。

＊

望む答えを得られるとは思っていなかった。

だけど、幼い少女が抱え込み続けるには、その秘密はとても大きくて——


一日ぶりに見た祖父の顔はまるで、急に何歳も年をとったようだった。

顔色は悪く、眼の下は落ちくぼんでいる。

「昨晩は大冒険だったようだね、エリー」

朝食の席ではつとめて元気を装っていたが、彼女にかけてくれた祖父の声からは、いつもの張りが失われていた。

「先生、あまりこの子を甘やかさないでくださいよ」

義理の父親である祖父のことを、彼女の父はいつも「先生」と呼ぶ。

「そうですよ、お父さん。皆さんにご迷惑をかけて……」

「小さい子供のすることだ。恵梨奈だってほれ、このくらいの時には」

「やめてよお爺様。私、ああいう時はいつもいい子にしてたはずなんだけど」

祖父の変化に気付いているのかいないのか――

食卓での会話こそいつもどおりだったけれど、恵梨依にはどこか寒々しいものに感じられた。

きっと、あの人に会ったせいなんだ。

そんな祖父の姿を見てしまったことも、恵梨依を行動に駆り立てた要因の一つだった。

迎えの車に乗った父を送り出し、姉も学校に出かけたあと、祖父のいる書斎に赴いた彼女は、昨晩、自分が見たもののことを祖父に打ち明けたのである。

「ごめんなさい、お爺様。でも私、どうしても知りたいの」

恵梨依は勇気をふりしぼり、祖父の眼を正面から見つめた。

「あの人は誰？　お爺様は、あそこで何をしていたの？」


祖父の最初の反応は、困惑だった。

呆れればいいのか、怒ればいいのか考えあぐねているようにも見えた。

エリーはそんな祖父が答えてくれるのを、じっとおとなしく待っていた。

しばらくの沈黙のあと、祖父は重々しく口を開いた。

「そうだね、私がいなくなれば、エリーがすべてを継ぐことになるのだから……」

「いなくなるって……？」

「私もすっかり年寄りになったからね」

祖父は椅子《いす》からゆっくりと立ちあがり、書斎に飾られている本城総合病院——彼の城とも言える建物の模型のほうに歩いていく。

「そんなことないわ、お爺様は立派なお医者様だもの。ずっとずっと、長生きする！」

「人は死ぬんだよ、エリー。それは、誰にとっても同じことだ。どんなに優れた医者がいても、どれだけお金を積み上げても、決して変わらない」

そう言いながら、祖父はガラスケースに指を這わせた。

「だけどね……この世界には死なない人間というものがいるんだよ、エリー……いや、人間というのはおかしいな。死すべき運命から外れたのだとすれば、それはもう人ではない」

正直なところ、祖父が何の話をしているのか、幼い少女にはよくわからなかった。

あまりにも現実離れしていて、まるで物語を聞かされているようだった。

ただ、祖父が誰の話をしているのかはおぼろげに理解できた。

「ファウスト博士のことを話してあげたことがあったね。覚えているかい、エリー？」

「覚えてるわ、お爺様」

「あの話には実は、続きがある」

わずかに震えを帯びた彼の声はまるで、この場にいない誰かのことを恐れているようだった。

「昔、この街で生まれ育った若者がいた。お金はなかったけれど、頭の良さには自信があって、ファウスト博士のような大望を抱いていた」

恵梨依にはわかった。

ファウストの物語のようで、そうではない。

これはたぶん、祖父自身の物語なのだ。

「彼は、学問で一旗あげようとまずは進学し、それからこの国の外に出て――」

諏訪原市で生まれた祖父は、医学の道を志して京都帝国大学――後の京都大学の医学部に進学したと聞いている。

そして、続く言葉についても予想することができた。

「地獄からやってきた、一人の悪魔に出会ったんだよ」

*

高校に進学してから、エリーは高級住宅地にある実家を出て、学校から徒歩圏内にあるマンションで独り住まいをしていた。

彼女が入学した幸徳《こうとく》女子には学生寮もあったのだが、名門校の学生寮がむしろ非行や逸脱の温床であり、良家の子女に良からぬことを教える温床であることを、彼女の両親は知悉《ちしつ》していた。もっとも、そうしたニュースが家族の眼に入りやすいよう、中学生であった時分から働きかけてきたのは他ならぬエリー自身だったのだが。

通学が不便なのであれば、送り迎えの車を用意するという大変ありがたくない父からの申し出もあったが、幸いにして母と姉の援護射撃もあり、籠《かご》の中の鳥状態は免《まぬか》れた。

我儘《わがまま》を認めさせる程度には家族の信頼を得ていたし、小学校、中学校でも好成績をおさめ、優等生として通してきたのである。

結果だけを見れば父のいささか行き過ぎた危惧《きぐ》は正しく、独り暮らしを始めたエリーはそれこそ非行どころの騒ぎではない、好き放題やりたい放題の放埒《ほうらつ》な二重生活を送っていた。

とはいえ、家族の意を汲んだ使用人がいつ様子を見にやってくるかもわからない自宅に男を連れていくわけにもいかない。

せめて自分の面倒を自分で見られる程度に司狼《しろう》の傷が癒《い》えるまでは、〈ボトムレス・ピット〉に連れていくわけにもいかない。

——それも病院からの脱走者を連れ帰るのは論外だった。

仕方なく、彼女の裏の顔を知る仲間たちからも知られていない市内のマンションの一室——名義上は彼女の資産を運用する投資会社の事務所となっているセーフハウスに、司狼を匿《かくま》うことにしたのである。

本城総合病院からの脱走に加担してはみたものの、彼が本来は入院加療の必要な、要介護の重傷者であるという事実は変わらなかった。

全身に切ったり縫《ぬ》ったりした痕跡《こんせき》が残ってはいたが、術後に皮膚に溶け込むタイプの吸収糸が使われていたので、抜糸のためにモグリの医者を手配するような必要はなかった。

一週間目は献身的《けんしんてき》な介護者のように、つきっきりで過ごした。
二週間目からあとは――

「んで？　まさか、そのお爺ちゃんがオレに似てたとか、そういう話？」

「まさか」

まだうっすらと白い傷痕が残る男の頬に爪を這《は》わせる。

「あんたみたいなガキ、お爺様と似てるとこなんて、何一つないわ」

そんなやりとりをした記憶がある。

医学者というよりも、投機家。

戦後の混乱期を狐のような狡猾《こうかつ》さで立ちまわり、海外資本をうまく呼び込んで諏訪原市を手中におさめた男――彼女の祖父は、政敵からそのように揶揄《やゆ》されていたと聞く。

日本人にしては高い鼻といい、何かを考えると細くなる目といい、記憶の中にある祖父の顔は、言われてみればたしかに狐に似ていたかもしれない。

遊佐司狼と似ているところを強いて一つ挙げるならば、くっきりした存在感を放ちながら、この世ならぬ場所に足を置いているような――危うさを感じる部分だろう。


身体《からだ》を重ねたのは、成り行きだった。

こういう男と素肌で触れあったらどういう気分になるか興味があったし、正直なところ女の意地のようなものもあった。

それなりに好意を抱いている相手にアンチセクシャルな反応を返され続ければ、自分とて女なのだと見せつけたくもなるのである。

無論、司狼自身がカミングアウトしたように、彼の身体機能上の問題から、それは文字どおりの意味での睦《むつ》み合い以上のものにはならなかったのだけれど。

少なくともエリーは充足感のようなものを得ることができたし、司狼にしてもそれは同様だったのだろう。

性的な欲望や興奮とは無縁なはずの司狼が、自宅に帰ろうとするエリーの腕を掴んで、そのまま――ということも幾度かあった。

その事実が物語る何かを、エリーは好意的な解釈と共に受け入れた。

深夜、マンションにふらりと姿を現し、日々の投資《トレーディング》のかたわら司狼とじゃれあいのような交流をする。それから、彼と同じベッドで短めの睡眠をとり、いったん自宅に戻って登校の準備をする。

司狼の身体が包帯を取れる程度に回復した頃の、彼女の日課はそのようなものだった。

身体を重ねながら、時にはベッドの中で微睡《まどろ》みながら、二人は相手に請われるでもなく、何となく自分のことを話した。

彼女が祖父のことに触れたのはその夜が初めてで、それは――彼女が自分の「動機」らしきものを司狼に明かした、最初の時でもあった。

恵梨依の祖父――本城恵一郎が亡くなったのは、彼女が中学にあがった年のことだった。

享年《きょうねん》、九三歳。

延命措置を拒否し、自宅の和室で眠るように息を引き取った。

市政の功労者の死に、大々的に葬儀《そうぎ》を行うべきだという声がいくつも聞かれたようだが、故人の遺言により身内のみの密葬となった。

あわただしい日々が過ぎ、恵梨依を含めた家族が元どおりの日常を送り始めた頃、学校帰りの彼女を、祖父の代理人を名乗る弁護士が待ち受けていた。

本城総合病院の顧問弁護士とは違うその男性は、遺族に公開された遺言とは別に、孫娘――本城恵梨依個人に宛てた遺言状と、エリー・ホンジョウ名義で設けられたスイスのプライベートバンクの口座書類を彼女に手渡した。

簡素な便箋《びんせん》を横切る流麗《りゅうれい》な筆記体。

見間違うはずもない祖父の筆跡で、遺言状にはこう書かれていた。


「Vorbereiten Walpurgisnacht《ヴァルプルギスの夜に備えよ》」


ヴァルプルギスの夜。

四月と五月の境目の夜、魔女たちが一堂に会するという魔宴の夜。

それは、悪魔メフィストフェレスが、魔女たちの集うブロッケン山へとファウストを誘う、ゲーテの戯曲『ファウスト』第一部のタイトルでもある。

その文字を見た瞬間、エリーの両眼から涙が溢《あふ》れた。

祖父を火葬場に見送ってから、彼女が初めて流した涙だった。


あの日、祖父は何もかもを恵梨依に話したわけではなかった。

祖父の物語から幼い少女が汲み取ったのは――

若き祖父が、ある外国人と契約を交わしたこと。

何らかの目論見《もくろみ》でこの諏訪原市に根を張る彼らに協力するのと引き換えに、本城家の家屋敷、病院などの財産はもちろん、この諏訪原市における権力を握ることができたということ。

その取引は祖父の一代限りのものであり、彼女の両親は関わっていないこと。

それがすべてである。

「彼らの正体も、目的もわからない。いや、知ろうともしなかったというのが正しいかな。いずれ、大きな嵐がやってくることを予期しながら、私はただ唯々《いい》諾々《だくだく》と彼らの要求に従ってきただけだったのだから。だが、もしもお前が――エリー、お前が部外者であることをよしとしないのであれば」

そう言って、祖父はしわだらけの手を恵梨依に差しのべた。

「お前がその時に備える手助けをしてあげよう。お爺ちゃんとお前だけの約束だ。今度は絶対に破らないよ、エリー」

エリーは大きく頷いて、祖父の手を握り返した。

「うん！　約束だよ、お爺様」

あれから六年。

本城恵一郎は、幼いエリーとの約束を確かに守ったのである。

＊

本城恵梨依――エリーはかくして、〈夜の王女〉への道を歩み始めた。

しかし、すべての始まりとなったクリスマスの夜――聖誕祭に湧き立つ街の片隅でいったい何が起きていたのか。それを知る機会はついに、訪れなかった。

なぜならそれは、彼女の物語ではなかったのである。

その日、その場所で、凄惨《せいさん》な戦いがあった。

祝福こそが似合わしい清しかるべきその夜、クリスマスの歌《ジングル・ベル》が流れる中――

敵同士が殺し合い、味方同士が殺し合い、友人同士が殺し合った。

大勢の人間が命を喪《うしな》い、その屍《かばね》を累々《るいるい》と晒《さら》していた。

そして、一人の女が愛ゆえに命を喪い、一人の男が愛ゆえに心を喪ったのだった。

「ふむ……人を寄せ付けぬ結界が張られているとはいえ、数時間のうちにこれをすべて掃除せよとは。いささか重労働に過ぎやしませんかな、聖餐杯猊下《せいさんはいげいか》」

スーツ姿の男が、女郎蜘蛛じみた異様に長い手を広げ、骸骨を思わせる落ちくぼんだ目であたりを睥睨《へいげい》しながら歩いていた。

彼の周囲では、揃いの制服に身を包んだ警備員と思しき数十人の人間たちが機械じみた動作できびきびと動き続け、折り重なった遺体を次々と袋詰めにしては清掃車に放り込んでいたが、その中の誰かにかけた声というわけではないようだった。

もし、その場に超人的な視力を持つ者がいれば、男たちの首筋に黒豆のようなものがあり、そこから銀色の糸がスーツ姿の男のもとに伸びていることに気づいたかもしれない。

さらに、その者に魔術的な素養があったなら――その黒豆の正体が蜘蛛であり、スーツ姿の男が己の意のままに傀儡《かいらい》の身体を操っていることに気づいたことだろう。

文字どおりの意味で戦場と化したこの区画をそのままの状態で放置し、現地の警察の手に委ねることは流石に難しい。政治的な圧力をかけることは簡単だが、後々まで残るだろう悪影響のことを考えると、必要以上の痕跡を残すわけにはいかなかった。

いささか面倒な敵対勢力――東方正教会特務分室《ドッペル・アドラー》の主力を一網打尽にできたのは僥倖《ぎょうこう》だったが、そのあと始末をこちらでやらねばならないというのは、厄介な話である。

聖槍十三騎士団にあって唯一、この諏訪原市の為政者を含む現世の組織と関わりを持ち続け、計画を裏表双方の面で支援するのが、スーツ姿を着た男の役割だった。

ブロック・ケミカル・インダストリーズの役員にして、財団法人諏訪原市医療事業新興協会の理事、フレデリック・ハーマン――齢九〇歳を数える老人と噂され、前世紀末においてすでに、公的な場に姿を現さなくなって久しかった諏訪原市発展の影の功労者。

それは、いくつかある彼の書類上の名前の一つに過ぎない。

「あの方に刃向かおうなどと、狂気の沙汰と言うしかない……か」

自嘲めいた響きがあった。

その言葉はつい数刻前、彼自身がある人物にかけたものである。

敗戦前に祖国を離れ、敵性国家であるアメリカでの工作に着手して数十年。

入念な準備を経て極東の島国へと渡り、この諏訪原という地方都市に巣穴を張り巡らせ始めてからさらに数十年。

さまざまな可能性を吟味し、天秤にかけるには十分すぎる長さの時間だった。

人は、変わる生き物である。

姿も。そして、精神も。

私は――否。

惑わされるな、蜘蛛《シュピーネ》よ。

今宵、敵はこの街に何らかの聖遺物を持ちこみ、危機感を狂わせるという大魔術を仕掛けてきたのだと聞いている。

今頃になってこのような未練がましい思いを抱いてしまうのは、連中の魔術によって心をかき乱された結果に相違ない。

「……ヘル・シュピーネ」

彼の前に立つ人物が、彼に幾度も声をかけていたことに気づいたのは、脳裏に湧き起こった不穏な想念を切り捨てようと、こめかみに手をやった時だった。

「――やあ。来てくれましたか、ケーイチロー」

「この有様は？」

ケーイチローと呼ばれた老人は、感情を消そうと努力しつつも、どうにも隠しきれぬ困惑を漂わせた表情を浮かべていた。

「なに、身内の不始末のね、あと片付けというやつですよ。キケロも言うが如く、何事も度が過ぎるのはよろしくない。友情であれ愛情であれ、節度が肝心だということです……ああ、意味がわからなくて結構。聖夜にお呼びたてして大変申し訳ないが、面倒事が起きた時に備えて、貴方にも控えておいて欲しかったのですよ」

申し訳ないなどと微塵《みじん》も思っていないことがありありと窺《うかが》える傲岸《ごうがん》口調で言い放つ男を前に、老人は従容《しょうよう》として頭を垂れることしかできなかった。

これが、悪魔と契約した者を待ちうける運命。

一介の医学生であった本城恵一郎が、この世での栄華を約束された代わりに、自ら望んで受け入れた代償だった。

彼はきっと、地獄に落ちることだろう。
願わくはせめて、愛する者たちの未来に幸多からんことを——

第三幕

〈ディープ・パープル〉

Clarimonde

Der Vogelfänger bin ich ja,
Stets lustig, heisa! hopsasa!
Der Vogelfänger ist bekannt
Bei Alt und Jung im ganzen Land.
Weiß mit dem Locken umzugeh'n,
Und mich aufs Pfeifen zu versteh'n.

おいらは鳥刺し、
いつも陽気でハイザ！ ホプササ！
鳥刺しといえばおいらのこと、
お年寄りから子供まで国中みんなが知っている。
鳥寄せならお手の物だし、
笛吹きとしてもなかなかだ

――E・シカネーダー、W・A・モーツァルト
「魔笛」より

〈ハッ……ハッ……ハッ……！〉

久住伸二《くずみしんじ》は、人通りの少ないニュータウンの街路を走り続けていた。

決して落とすまいとカバンを抱きかかえる両手にぐっと力を込め、ひたすらに走り続けた。

さっきからずっと、ひどい耳鳴りがしている。

脇腹が痛む。

心臓が脈打つ。

泡立った唾液《だえき》が顎《あご》を伝い、首筋を汚していく。

だけど、足を止めるわけにはいかなかった。

〈……ゼッ……ゼェッ……ハッ……！〉

背後を確認するまでもない。

追いかけてきていることは足音でわかった。

それも、何人もだ。

一人はたぶん、同じ停留所でバスを降りてからずっと、五メートルほどの距離を空けて彼のあとをぴったり尾行してきた奴なのだろう。

体格からして、自分と同じくらいの年齢の少年だと思う。

薄暗い上に赤いニット帽を目深に被っていたので、顔はよく見えなかった。

耳のあたりにちらっと覗き、街灯の明かりを反射してきらめく髪の色は褐色《かっしょく》か、金。

少なくとも黒髪ではないようだ。

それが勘違いでないのであれば、少なくとも同じ学校の人間ではないということになる。

伸二が通う私立高校は県内では五本指に入る進学校で、その校則は髪染めを厳格に戒めていた。そして彼の知る限り、留学生がいるなんて話はついぞ聞いたことがない。

同じバス停で降りた誰かが自分と同じ方向を歩いていたからといって、普段なら気にもとめなかっただろうし、仮に気づいたとしても偶然だと思ったことだろう。

だけど、今日は少し事情が違っていた。

だから、気づいてしまったのだ。

違和感はやがて疑いに、疑いはやがて焦りに変化した。

そして、彼の住んでいるマンションがようやく視界に入った時、生垣の前で大型のオートバイによりかかるようにしたライダースーツ姿の人物がこちらを一瞥《いちべつ》し、何かを確かめるように手元のスマートフォンを覗き込んだ時――それは確信に変わった。

伸二は反射的にカバンの肩掛けをグッと握り、マンション脇の枝道に走りんだ。すると、尾行者の足音も駆け足に変わった。

思ったとおりだった。自意識過剰な思いこみでも何でもなかった。

本当に、追われているんだ。この僕が。

鳩尾《みぞおち》に氷の棒を通されたような恐怖を感じながら、伸二はひたすらに足を動かした。

追跡者たちが彼に声をかけるでもなく無言のままでいることが、かえって恐ろしかった。

どうしよう、どうすればいい？

息を切らしながら何とか考えをまとめようとしてはみたものの、とりとめもない言葉の濁流に押し流されて、まとまるどころの話ではなかった。

自宅は見張られているようだから、うまく追っ手を撒けたところでどうにもならない。

大声をあげて誰かの助けを呼ぶ？

それとも、このまま商店街のほうに走っていって、交番に駆け込む？

ダメだ。そんなことはできやしない。

だったら最初から逃げ出したりはしないし、そもそも見も知らない誰かに追いかけまわされるような事態に陥ってはいない。

〈どうして、こんな……〉

だが、その自問には意味がなかった。

自分が追いかけまわされる理由については、いやというほど心当たりがあったのだ。

久住伸二は、少しばかり偏差値が高い高校に通っているというだけの、普通の高校生だ。

中学時代の成績は中の上という感じだったが、中学三年生の時に必死に勉強し、できのいい兄が卒業した高校に進学した。

冒険らしい冒険をしたことは、これまでに二回。

一回目は小学生の頃、悪友たちと共謀し、親に黙って自転車で県外に遠出したこと。

そして二回目は中学校最後の年、学園祭の打ち上げで年齢を偽って居酒屋に入り、飲酒に及んで巡回の警察官に補導されたこと。

それくらいのものだった。

部活には入っていなかったが、クラス内ではそこそこの友達がいて、教師から目をつけられているでもない、いわゆる中間層に属していた。

つき合っている彼女はいなかったが、よく会話する女生徒も何人かいた。

親や教師の言うところの「悪い仲間」と付き合うこともなく、親の方針で進学塾に通っている月曜日と木曜日を除けば門限を破るようなこともない。

要するに、久住伸二はどこにでもいる、普通の高校生だった。

でも、普通であることに彼が満足していたかというと、決してそうではなく。

朝起きて、食事をして、学校で授業を受けて、その合間に自分と同じような顔をした級友たちと毒にも薬にもならない話をして、週に何回かは塾に行って、家に帰って、寝て――

退屈だった。

飽き飽きしていたのだ。

何か特別なことが起きるわけでもない、平々凡々とした毎日が、三年間という制限時間つきであったとしても毎日続くのだと考えただけでうんざりする。

最悪なのは、たとえ高校を卒業して大学に行き、就職し、結婚して家庭を持ったところで、そんな日々が終わるとは思えなかったことだ。

こういう人生は、最悪だ。

いつの頃からか。

一人でいると、フッとそんなことを考えるようになっていた。

でも、具体的に何をどうすればそれを変えられるのかがわからなくて——

だからつい魔が差して、電子掲示板に貼り付けられていたアドレス宛てにメッセージを送ってしまったのである。

両腕にじっとりと汗が滲《にじ》むのを感じ、伸二はカバンを抱える力を強めた。

幾度か角を曲がり、地元の人間くらいしか使わない雑木林脇の小道に走りこみ——伸二は、遠回りに遠回りを重ねて、ようやく目的地に辿《たど》りついた。

そこは、古びた遊具が置き捨てられたように点在する小さな公園である。

もう何年も足を運んでいない場所だったが、その公園は彼の記憶の中から切りぬいてきたような、そのままの姿でそこにあった。

うまく撒くことができたのだろうか。

足音はいつの間にか聞こえなくなっていたが、うしろを確認する勇気はなかった。

時刻はとうに二一時を回っていて、公園の中に人影は見当たらない。

「はぁ……はぁ……よし……ッ！」

水飲み場に駆けより、蛇口を思いきりひねる。

勢いよく流れ出す水に口を近づけたくなるのを堪え、伸二は小刻みに震える手をカバンの中に突っ込んで、小さなアルミパックを引っ張り出した。

掌《てのひら》に収まるほどの銀色の袋の表面には、内容物を示すいかなる文字も書かれていない。

つい二時間ほど前、メールで指示された駅のトイレの中で待ち合わせた売人から、一六〇〇円と引き換えに手に入れたばかりのものだ。

やり取りには学校のメールアカウントではなく、海外の無料メールサービスを利用した。

ユーザーIDはでたらめの文字列にしたし、誕生日をパスワードに設定するような間抜けなマネもしなかった。

ネットのアングラ情報に妙に詳しい級友の影響で、その程度の知識はあったのである。

メールはもちろん、件《くだん》のメールサービスのアカウントも今朝がたすでに削除済みだ。

とにかく、これの中身を処分してしまえば、あとはどうにでも――

「はい、ゴクローさん」

「え……」

突然、芝居がかった響きの声がした。

続いてカチリという音が聞こえ、強い光が伸二の眼を眩《くら》ませた。

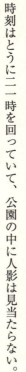

ごく至近距離から、懐中電灯の光を浴びせられたのだ。

同時に、袋を握っていた右手が背後から誰に摑《つか》まれ、そのまま背中のほうに捻りあげられる。

「離せ、離せよ……ッ」

振りほどこうと力を込めるが、肘《ひじ》と肩の関節に走る激痛がそれ以上の抵抗を許さなかった。

音もなく忍びよってきたのだろうか。

それとも、最初からそこで待ち構えていたのだろうか。

いつの間にやら、水飲み場は数人の少年たちにぐるりと囲まれていた。

「悪い子はいねがー《フィー、フィー、ホー、フム》……ってな。残念、はじめてのお使いクエストは失敗だ。あんたの冒険はここで終わってしまった！」

妙に芝居がかった、楽しくてたまらないといった感じの陽気な声が伸二の耳を打つ。

声をかけてきたのは、ニット帽を被った少年だった。

左耳たぶには小さなピアス。

年齢こそ伸二と同じくらいのようだが、どうしたってカタギの高校生には見えない——そういう空気を漂わせている。

彼はさっと手を伸ばすと、背後からがっちりと固定され、そうでなくとも驚きと怯えで身動きのとれない伸二の手からひょいっとアルミパックを取り上げた。

「復活の呪文を唱えて三日前からやり直すといいぜ、久住……ええと、伸二クンだっけ？」

名前を、知られている。

それはつまり、生殺与奪《せいさつよだつ》を相手に握られてしまっているということだ。

自宅を張られていた以上、当然といえば当然のことではあった。

胃の腑《ふ》から恐怖がせりあがってきて、膝《ひざ》から下に痙攣《けいれん》じみた震えが走る。

僕を……どうするつもりなんだ……！

そんな言葉を絞り出そうとしたが、口から出たのは声にならない笛のような音ばかりだった。

そんな伸二の反応を見た茶髪の少年は、数秒の間きょとんとして――続いて、彼は犬歯を口の端から覗《のぞ》かせた、獲物を見つけた肉食獣じみた獰猛《どうもう》な笑みを浮かべてみせた。

「どうもしねえし、親とかにも黙っといてやるからさ、そんなに怯えんなよ。なンか弱い者イジメしてるみたいで、うしろめたい気分になるじゃねえか……あれ、これヒョッとして俺、こいつをいじめちゃってる？　なあ、どう思う？」

少年が声をかけたのは、伸二を背後から取り押さえている別の人間のようだった。

何かしらの反応が得られたのか、それとも得られなかったのか。

少年は伸二に向き直り、言葉を続けた。

「ま、そんなことはどうでもいいか。俺の側《がわ》には別に、そんなつもりはねえしな」

おどけたような様子で、胸ポケットから取り出した茶封筒をひらひらと動かして見せる。

「とりあえずだ。せっかく手に入れたところ悪りィが、物騒なおクスリはボッシュート……じゃねえや、買い取りだ。ま、強制イベントの類《たぐ》いだと思ってよ、今日のトコは諦《あきら》めろ」

そう言いながら、少年は伸二の着ているジャケットの胸ポケットに茶封筒を押し込んだ。

「え……？」

さぞかし、間抜けな顔をしていたに違いない。

要求はシンプルだった。

つまりこの連中は、伸二がドラッグを購入したのをつきとめて、それを買い取ろうと彼をここまで追いかけまわしてきたということ。

何が起きているのかはわかった。

だけど、どうやって？　何のために？

伸二の困惑する様子には構わず、少年は話し続けた。

「退屈だったんだろ？　飽き飽きしてたんだろ？　何か特別なことが起きるわけでもない、平々凡々とした毎日が毎日続くって考えただけでうんざりして、何かを変えようとしたんだろ？　わかるぜ、オレも同じだったからよ」

言葉のどこかに自嘲《じちょう》の響きを感じたのは、考え過ぎだろうか。

「だがよ、久住伸二。魔が差すってのは、そう悪いことじゃねえぞ。刺激がない人生なんて、スパイスなしの焼き肉みたいなもんだからな。まあ、よりによってこのタイミングでこいつに手を出したあたり、運はちょっと悪かったみたいだけどよ。次は別の気晴らしを見つけろや」

それだけ言うと、彼は伸二に背を向けて軽く右手を振った。

それが合図になったのだろう。

身じろぎも許さない堅固さで彼を背後から抑えつけていた腕が離れ、彼らを取り巻いていた少年たちも三々五々の方向に散って行く。

危害を加えられることもなければ、脅迫されることもなかった。

ただ、ひそやかな悪徳の証拠だけが拭い去られて——

伸二にできたのは、少年たちのうしろ姿が夜闇の中に消えていくのを、狐につままれたような表情で見送ることだけだった。

*

首尾よく目的を達成し、鼻歌など歌いながら足取りも軽く公園の出口へと向かっていたニット帽の少年の視界で、強い光が数度瞬《またた》いた。

大型のネイキッドバイクのヘッドライトだ。

見覚えのある車体の横には、少し旧式のサイドカーがくくりつけられている。

「おっ、ありがたいぜ」

小走りで駆け寄ると、少年はサイドカーの座席にどすんと腰を下ろした。

「……っあ、蒸し暑ちィ！」

ニット帽を外すと、硬質な褐色の髪がぼわっと広がった。

少年——遊佐司狼《ゆさしろう》は行儀《ぎょうぎ》悪くもサイドカーの車体前部の上で足を組み、のけぞるような姿勢で灰色に覆われたライダーを見上げた。

「迎えにきてくれるたァ、サービス満点だな。流石《さすが》にここから歩いて帰ンのは、かったりいと思ってたとこだ。ありがとよ」

「別に、あんたのためじゃない」

グレイというあだ名で呼ばれる、エリーの腹心の一人である。

「エリーの命令だ」

ぶっきらぼうに答え、エンジンを始動させるグレイ。

グレイの駆るオートバイは、鉄道路線と並行に走る車通りの少ない県道を南下し、中心街に差し掛かる前に繁華街へとコースをとる。

その間、ここ数日で嫌でもその顔、その声を記憶することになった茶髪の少年は、壊れたレコードのような勢いでひっきりなしにグレイに話しかけていた。

「だからさぁ、ちょっとだけ、顎《あご》の先っちょだけでもいいからさ」

「何度も言っただろう。断る」

「いいじゃねえかよ、顔見せてくれるぐらいさ」

「くどい」

「気になるんだよ。あんた、店でもメット被りっぱなしだしよ。何も風呂入ってる時にまで、メット被りっぱってわけじゃねえんだろ？」

「第一に、ここは屋外であって風呂ではない。第二に、お前にプライベートのことを詮索される謂《いわ》れもなければ、そういう間柄になった覚えもない」

「よもやあんた、ひょっとして風呂の中でもそれ被って……あてっ」

返答は、急ブレーキだった。

急な震動に、司狼は体勢を崩してしまう。

「着いたぞ。降りろ」

「ありゃ、いつの間に」

気がつくとそこは、〈ボトムレスピット〉の裏手――関係者用の駐車場に続くシャッターの前だった。軽口を（主に司狼が）叩いている間に、結構な時間が経っていたらしい。

「俺もさっさとアシ《バイク》を確保しねえと、不便でいけねえ……とりあえず、今日のとこは礼を言っておくわ。あいつの命令だったにせよ、運んでくれたのはあんただしな」

「……」

グレイは無言で壁際のスイッチを操作し、シャッターを開くコードを打ち込んだ。エリーから指示された内容は、司狼の送迎だけでなく、ゲームを見届けることも含まれていた。

その夜、司狼は初めて〈ボトムレス・ピット〉の開催する「ゲーム」に参加したのである。

高度なハッキング技術による問題の探知と、複数の人間を駆り出しての追跡劇。

手間ヒマをかけて何をやったかといえば、見ず知らずの地元高校生から脱法ドラッグを取り上げ、代金を支払っただけ。

経費を要求するでもなく、警察や学校に報告して感謝の言葉をもらうでもない、ボランティアみたいなものである。

慈善事業。自警活動。

それっぽい表現で取り繕《つくろ》うことはできるが、つまるところその実体は、暇を飽かした不良少年たちによるお遊戯《ゲーム》以外の何物でもない。

「せいぜい、王女様《プリンセス》を失望させないことだな」

それだけ言い残し、グレイとオートバイは駐車場の中へと消えていった。

「……嫌われてんのかね、俺」

背後に、仏頂面の司狼を残して。

＊

「だーめ。おあずけ。どんな副作用があるかわかったものじゃないんだから」

〈ボトムレス・ピット〉奥のプライベート・エリア、ＶＩＰルームの豪奢《ごうしゃ》なソファの上で、遊佐司狼は拗《す》ねたように口を尖らせていた。

「……いやでも、せっかく面白いもん手に入れたわけだしさ、こういうのも積極的に試してみたいじゃん？」

「せっかくじゃないわよ、バカ。ミイラ取りがミイラじゃないの。それであんたがまた余計な故障でも抱えたら、また私が介護するハメになるわけ？　イヤだからね、そんなの」

「いやあ、その節はシモの世話までいろいろと」

「怒るわよ……まあ、とにかく何でも試してみたいって、あんたの気持はわかるけどさ」

エリーはそう言って、ノースリーブの白シャツの上から伸びる左手を指差した。

左肘のあたりを中心に渦巻き模様を思わせる黒いタトゥーに覆われている。トライバルと呼ばれる、南太平洋上のサモア諸島の戦士に由来する紋様である。

包帯がとれ、ある程度自由に動けるようになった時、司狼の最初の願いは「センスのいい彫《ほ》り師を紹介してくんない？」というものだった。

退学記念だのなんだのと口にしてはいたが、実のところ、かぎ裂きを思わせる痛々しい傷痕を隠すためでもあった。

「とりあえず、どうしてもガマンできないなら、代わりにLSD《アシッド》でもあげるから。得体の知れないクスリ関係で神経までいじるのは、他に何もすることがなくなった、最後の最後まで取っておきなさいって」

まだ諦めきれないらしく、司狼の未練がましい視線は、テーブル上に置かれた小瓶——正確に言えばその中に入っている、氷砂糖ほどの大きさの紫《むらさき》色《いろ》の結晶に向けられていた。

諏訪原《すわはら》の若者の間で、最近出回り始めたドラッグ。

通称〈ディープ・パープル〉。

目下、〈ボトムレス・ピット〉——ひいては、エリーが関心を抱く対象である。

人が集まる場所には、情報も集まる。

〈ボトムレス・ピット〉は、若者たちが群れ集う盛り場であると同時に、諏訪原市にまつわるあらゆる情報が流れ込み、吹き溜まりのように集積されていく情報の終着点でもあった。

それは、奈落《ならく》の生みの親の望んだことでもあった。

市営地下鉄道敷設計画の中断に伴い、廃墟同然で放置されていた地下商店街を丸ごと捨て値で買い取ったエリーは、その入り口を塞ぐような形で〈ボトムレス・ピット〉を建設した。

彼女はまた、香港のベンチャー企業を介して県内のケーブル放送会社を買収し、数年がかりで諏訪原市内に情報網を張り巡らせて、あらゆる出来事に目を光らせてきた。

その手段は、エリアマガジンの刊行や無線ＬＡＮサービスの運営などのリーガルなものから、市内各所への隠しカメラの設置、地元警察署、新聞社へのハッキングといったイリーガルなものまで、多岐にわたっている。

第二次世界大戦後の諏訪原市には、暴力団に代表される伝統的反社会勢力が、どういうわけか定着しなかった。

九〇年代の一時期、繁華街を中心にカラーギャング、チーマーなどと称されるいわゆる半グレ集団が幅を利かせた頃もあったが、彼らも内部抗争によって崩壊したと噂《うわさ》されている。

夜の諏訪原にぽっかりと口をあけた空洞――いわばエリーは、〈ボトムレス・ピット〉をもってそれを丸ごと呑み込んだのである。

エリーがその手に握る情報源の中でも特に重要なのが、彼女が密かに管理・運営している学校裏サイト――市内の学校毎に存在する非公式のコミュニティサイトだった。

携帯電話という万能のデバイスを手に入れた子供たちは、教師や家族の目には映らないもう一つの学校をインターネット上に造り上げた。

親しい人間だけが閲覧《えつらん》できるプライベート掲示板やメール機能を使って日々、見聞きしたちょっとした出来事を無責任に垂れ流す。

エリーと配下のハッカーたちは、いくつかの情報収集プログラムを走らせてサイト上のやり取りのすべてを監視し、そこから抽出した情報を積極的に活用した。


曰《いわ》く、A高校の物理教師と女生徒がラブホテルに入るのを見た。

曰く、B高校の野球部員が、居酒屋で飲酒・喫煙《きつえん》していた。

曰く、このあいだ、C中学のグループがコンビニから化粧品を万引きした。


集まってくる情報の大半はそんな具合の、他愛もないゴシップばかりではあったが、後々、大きな面倒事に繋がりそうな兆候が見つかることもある。

例えば、市外から入り込んだ売人が、中高生を狙って正体不明のドラッグを売り捌《さば》いているといったような——

あらゆる通信ログを解析し、そうした「事件」をいち早く察知し、警察沙汰に発展する前にその芽を摘む自警活動。

言ってみれば、ボランティアの正義の味方。

それが、クラブ〈ボトムレス・ピット〉のもう一つの顔である。

無論、その手段は違法行為以外の何物でもない上、エリーとその仲間たちの側の動機も、諏訪原市民の平和と安寧《あんねい》を守るといったような綺麗《きれい》なものではなかった。

あくまでも情報収集の手段であると同時に、公道での暴走行為や喧嘩《けんか》、恐喝《きょうかつ》といった反社会的行為を代替する刺激的なエンターテイメントだったのである。

*

〈ディープ・パープル〉と呼ばれる薬物が市内で流れはじめたのは、昨年末のことになる。

アメジストを思わせる紫色の結晶が入っているアルミ袋には、その内容物や製造元を示すいかなる文字も書かれていない。

〈ディープ・パープル〉という通称についても、売人がそう言ったのか。

それとも、掲示板にアップロードされた現物の写真から誰かがそう呼び始めたのか。

確かな由来はわからなかった。

はっきりしていたのは、このドラッグの売人が購買力の高い二〇代から上の大人ではなく、中高生をターゲットにしていたことだ。

頭がすっきりして、試験勉強に集中できる。

筋力と持久力がアップし、体育の授業や部活動で活躍できる。

そんな他愛ない売り文句の並んだ広告メールが、最初は個人のメールアドレス宛てに直接送付されはじめた。

そうしたメールの大半は、迷惑《スパム》メールと判断されてゴミ箱に直行した。

だが、数百人いたとも数千人いたともいわれる受信者たちの中には、好奇心からそのメールに返信し、幾度かのやり取りを経て実際に現物を入手——使用に及ぶ人間が現れた。

大抵の子供の中には、親や教師の目を盗んだ、密やかな悪徳への憧《あこが》れがある。

学校帰りの寄り道や買い食い、喫煙や飲酒、学校裏サイトやアダルトサイトへのアクセス、違法ダウンロードした楽曲や映像、ゲームソフトの仲間内での共有。

そうした行為の中には実利目的のものも含まれるのだろうが、校則や法律、家庭内のルールによって禁止されていること、「本当はやっちゃいけないこと」を敢《あ》えて実行することで得られる背徳的な満足感は、彼らを駆り立てる大きな動機となる。

無論、「薬物」という言葉の持つ負のイメージは大きい。

しかし、一包一六〇〇円という手の届く価格は、そうした欲求を満たすための恰好かつ手頃な手段のように見えた。

裏サイトのログ上のわずかなノイズとして、諏訪原の闇の中からじわりと滲《にじ》み出たそれは、春が過ぎ、夏を越えて、決して無視できない範囲にまで広がっていたのだった。

「なんか飴《あめ》みたいで、舐めたらうまそうなんだけどなあ」

「燐銅《りんどう》ウラン石って知ってる？　綺麗な緑色の結晶なんだけどね、持ってるだけでガンになれるって話よ」

口を尖らせ、なおも未練がましそうにちょっかいをかけてくる司狼を軽くあしらいながら、エリーは液晶モニタ上に表示されているメールの文面に目を通していた。

「で、何が入ってるわけ？　これ」

「知りあいの医学生に調べてもらったんだけど……」

彼女は、さまざまな分野において専門的な知識を持つ人間を、協力者としてキープしている。ほとんどの相手とはネットを介した接触があるのみで、こちらは相手のことをよく知っていても、相手はこちらの素性を把握していない。

気前のいい依頼主が現役の女子高生であるなどと、夢にも思っていないに違いない。

厳重に暗号化されたメール。

私書箱を介した物品のやり取り。

そして、仮想通貨を用いた作業報酬《ほうしゅう》の支払い。

彼女の気前良さが続く限り、個人情報が漏れる可能性は低い。

「混ざり物が多いっぽくてね。とりあえず、主成分が生物由来の毒によく似ているって以上のことはよくわからないみたい」

「生物由来って？」

「毒蜘蛛《どくぐも》とかサソリの持っている神経毒のことよ。特に近いのは、ゴケグモの仲間が分泌する毒液みたい。脱法ドラッグにもいろいろあるけど、こういうのは聞いたことがないわね……」

「蜘蛛……ね。また物騒なシロモンが出回ってやがるんだな……」

蜘蛛と聞いて、心底嫌そうな表情が司狼の顔に浮かぶのを、エリーは見逃さなかった。

「苦手なの？　蜘蛛」

「少なくとも、わざわざ好き好んで食ってみたいとは思わねえな。それに……」

司狼の眉根が、不快そうな形にぎゅっと寄せられる。

「綾瀬《あやせ》の親父のことをさ、思い出しちまうんだよ」

「綾瀬……ああ」

それは、司狼の幼馴染《おさななじ》みの姓である。

綾瀬香純《かすみ》。司狼と同じ月乃澤《つきのさわ》学園の二年生。

幼少期から家族ぐるみでの付き合いがあり、諏訪原市に引っ越したあとも、同じアパートに住んでいたと聞いている。

「あいつの研究室の棚には、まあ何つーか、いかにもマッドに相応《ふさわ》しいって感じの標本瓶が売るほどあってさ。カエルとか蜘蛛とか、いかにも毒がありそうな派手派手しいやつがホルマリンに浮かんでたな……」

司狼が言っているのは、綾瀬香純の父親のことだ。

今から一一年前、彼は自宅地下の研究室で腐乱死体で発見された。

結構な騒ぎになったので、エリーもそのニュースを覚えていた。

〈オレな……昔、この手で人を殺したんだよ〉


彼女は、司狼の渋面の理由を知っていた。

ベッドの上で、本人から聞かされていたからだ。


〈幼馴染みの親父の背中をさ、ナイフでぐっさりとやっちまったんだ〉


綾瀬香純の父――綾瀬孝造《こうぞう》教授を刺殺したのは、他ならぬ司狼だったのである。

幼い頃、友達の父親を殺した。

その告白を聞いた時、エリーは「そっか」とだけ答えた。

事情とか、動機とか。そういった話は敢《あ》えて聞かなかった。

司狼としてはあまり触れたくない話題のようであったし、実のところ彼自身、よくわかっていない様子だったのである。

興味がなかったわけではないので、別の情報源にあたってみるつもりではあった。

ただ一つ、はっきりしていることがあった。

もう一人の幼馴染み――藤井《ふじい》蓮《れん》と司狼がつい二カ月ほど前、互いを瀕死《ひんし》の重傷に至らしめる勢いで潰し合った理由が、この事件だということである。

つい、無意識に漏れてしまった感想なのだろう。

司狼のほうにはこの話題を続けるつもりがないようだったので、エリーはメールに添付されていたレポートに改めて目を落とした。

欧米やオーストラリアに棲息しているセアカゴケグモ、クロゴケグモの仲間は、毒腺からαラトロトキシンというタンパク質を分泌する。

このαラトロトキシンは生物の筋肉の神経の接合部に作用し、神経伝達物質であるアセチルコリンを過剰に放出させることで筋肉にショックを与え、激痛や痙攣《けいれん》症状をもたらす。

毒とは、生体組織に有害な影響を与える物質のことである。こうした物質の中でも、αラトロトキシンのように神経に作用するものが、神経毒と呼ばれている。

〈ディープ・パープル〉の主成分は、このαラトロトキシンによく似たタンパク質だというのだが――

「でも、変ね」

「カブトムシの毒でも混ざってたってか？」

「どっから出てきたのよ、そのカブトムシは」

呆れたような眼を司狼に向けると、彼はちょうどテーブルの上にあった新聞紙で兜《かぶと》を折っているところだった。

「な、知ってるか？　ツタンカーメンの墓を暴いた学者は」

「甲虫に嚙《か》まれて死んだって話よね。言っとくけど、デマだからそれ」

「マジで？　そこんとこできれば詳しく」

「今、ちょっと考え事してるの。邪魔しないで頂戴」

「んで、何が変だって？」

「……混ざり物の中に、どうもアンフェタミンが含まれているみたいなのよ」

「へえ、そりゃあ……おかしな話だな」

司狼の手が止まり、眼が細められる。

「アンフェタミンっていやあ、要は覚醒剤《かくせいざい》だろ？」

「そう。別名をフェニルアミノプロパン。強い習慣性があって、日本では規制対象」

「つまりあれか？　そいつをバラ撒いてる連中は、クモの毒だか何だか知らねえけど、とにかく妙な毒を繰り返し摂取させるために、わざわざ別のクスリを混ぜ込んでるってわけか」

ああ――エリーは、感嘆の吐息をついた。

いかにも不良然とした見てくれに反して、彼はやっぱり頭がいい。

彼女が違和感を感じたのも、まさにその点だった。

五感が鋭敏になり、眠気や疲労感が抑制される。

ドーパミンの分泌を促し、身体能力を底上げする。

このドラッグが謳《うた》っている効果を得るだけのことならば、混合されている微量のアンフェタミンでも事足りるのだ。

加えて言えば、覚醒剤というのは非常に高価な薬物だ。

近年、末端価格が下がっているとはいえ、〇・一グラムで二〇〇〇円以下ということはない。

それが何を意味するのかと言えば――おそらく、司狼の指摘したとおり。

〈ディープ・パープル〉を流通させている何者かの目的は、不特定多数の少年少女を相手に、正体不明のタンパク質を繰り返し摂取させることにあるのだろう。

だけど、いったい誰が、何のために？

「そういやさ、このクスリ関係でもういっこ流れてる噂があったよな」

「ああ……あれね」

司狼が言っていることについて、エリーにも心当たりがあった。

それは、〈ディープ・パープル〉を服用した人間が、決まって同じ夢を見るという噂話――というよりも、季節はずれの怪談話である。


黒衣婦人の夢。

その夢は、そう呼ばれていた。

＊

「あ、おーかみさんだ。ちーっす」

スチール製の防音扉を開けると、この世に存在するありとあらゆる音を一カ所に集め、乱暴に床にぶちまけたような騒音が鼓膜を激しく震動させた。

プライベート・スペースでシャワーを浴びたあと、さっぱりした顔でホールに姿を現した司狼を目敏く見つけ、喧騒を貫いて声を投げかけてきたのは、バー・カウンターにたむろしていた集団の一人——常連たちの間ではチャコで通っている少女である。

短めに切りそろえた髪をブルーに染め、顔の大きさに不釣り合いな大きさの眼鏡《めがね》をかけている彼女は、実年齢よりも若く見えた。

どうしたって、アルコール摂取が認められている年齢に達しているように見えない彼女だが、タテマエとして周囲にはハタチと名乗っていた。

「うーっす」

空いていた席にどかっと腰をおろす司狼。

「マスター、水くれ」

聞きようによっては失礼極まる注文だったが、三〇がらみのマスターは嫌そうな顔一つせず、保冷棚から取り出したミネラルウォーターをグラスに注いで寄越した。

夏の交通事故の後遺症で、司狼が味覚を喪《うしな》ったことを聞かされていたのである。

味覚だけではない。

現在の彼からは痛覚、そして嗅覚《きゅうかく》もまた喪われていた。

人間は、味というものを舌先で感じる味だけではなく、匂いと見た目の合わさった「風味」として捉えるものだ。

無味無臭の飲食ほど味気ないものはなく、今の司狼にとってみれば酒というものはただ感覚を鈍らせ内臓を弱らせるだけの、毒に過ぎないのだった。

「お前さ、俺の事いつも何で狼って呼ぶわけ？」

「しろ」

「司狼だから狼、とかヌかしたら鼻で笑ってやんぞ」

「し、しろうだから、おおかみ」

「はン！」

「鼻で笑われた！」

群れから離れた、傷だらけのはぐれ狼。

名前に引っ張られた気がしなくもないが、エリーが彼——遊佐司狼を〈ボトムレス・ピット〉に連れてきた時、彼女が最初に抱いたのは事実、そんな印象だったのである。

「でもさ、あんた実際、何だかそんな感じするしね」

「ふうん……狼ね」

彼は犬歯を口の端から覗かせ、獲物を見つけた肉食獣じみた獰猛な笑みを浮かべてみせた。

「面と向かってそう言われるのは……まあ、悪い気分じゃねえな」

「エリーのとこ行かなくて、いいの？」

「もう行ってきた。お姫サマは今、昆虫図鑑に夢中でね」

「あはは、何それ」

快活な笑い声をあげながら、チャコはスマートフォンのタッチスクリーン上で指を動かし続けていた。不特定多数の人間を相手にプライベートSNSで他愛もないやり取りをし、複数のハンドルを使い分けて掲示板にレスをつけ、チャットのようなスピードでメールを送受信する。

「例のドラッグだよ。何でも、蜘蛛の毒が入ってるんだと」

「蜘蛛の毒？　タランチュラとかそういうやつ？」

「知らね。だから、あいつが調べてんだろ」

「へー」

彼女《チャコ》の趣味は情報集め。主なソースは市内に住んでいる中高生たちだ。

馬鹿にしたものではない。

経済活動に参加していない分、彼らは仲間内のコミュニケーションのとっかかりになる新鮮な話題に常に餓《う》え、油断なく周囲を見ているのである。

のみならず、市内の主だった中学校や高校には彼女の「根」が大抵四、五人はいて、カラオケ屋や喫茶店などの特別割引券やサービス券を報酬に、情報の裏取りに使っていた。

未熟な主観を通したノイズの吹き溜まりからでも、数を集めて関連付け、相互参照することで、時にはそこから黄金を取り出すこともできる。

無論、そういうのが得意であればの話。

そして、チャコはそういうのが得意であり、〈ボトムレス・ピット〉のいわゆる「正義の味方ごっこ」において、情報屋のようなことをやっていた。

無論、彼女自身が店の出す「ミッション」に携わることもある。

〈ディープ・パープル〉――目下、エリーの関心はこのドラッグにあるらしい。

先ほど司狼が口にした「昆虫図鑑」というのがそれに関わることなのだと、わざわざ司狼に説明されずともすぐにわかった。

実のところ、エリーが外部の人間に依頼したドラッグ成分の調査結果については、チャコにも内々で伝えられていたのである。

「あ、そだ。青少年を一人、非行の道から救ってきたんだってね。おめでとー」

「っと、そういや……」

司狼は上着のポケットに手をつっこみ、赤いニット帽を掴み出した。

「これ、お前から借りたんだったな。あんがとよ」

「えへへー、手軽な変装にお役立ち……うわ、汗臭っ。洗濯ぐらいしてよ、もー」

「バッカ、匂いなんて嗅《か》いでんじゃねえよ」

「うー、洗濯……」

よせばいいのに、チャコは返却されたニット帽に鼻をくっつけ、くんくんと嗅ぎ続けている。

「お前らさ……あのドラッグ買ったガキをこれまでに何人もとっつかまえてきたんだろ？」

「うん、そだよ。ええと……これまで一四人くらいかな。結構頑張ってるよね、あたし」

「他の連中が捕まえた分も合わせると、この二カ月ほどで何一〇人かにはなるわけか。何つーか、イタチごっこそのものだな」

「最初は、売人を抑えようとしてたんだけどね……」

〈ディープ・パープル〉を売り捌《さば》く人間の正体は、現物が確保できているドラッグそのもの以上に謎めいた存在だった。

目撃された売人は、彼らと同様の一〇代後半と思しい少年である。

隠しカメラがある場所を巧みに避けているため、ある程度離れたところから撮影された写真はあるが、鮮明な顔立ちを確認することはできないが、背の高さや体格からいつも同じ人間なのだろうと考えられていた。

当然の如く、売人を尾行してアジトを突き止めようとする試みが幾度も実行されてきたが、どういうわけかいつも撒かれてしまうのだった。

それも、尾行者との間に通行人が挟まれたり、ひょいっと脇道に曲がったりしたわずかな時間に、まるで地の底にでも潜ったかのようにかき消えてしまうのである。

チャコの提案により、無線操作のドローンを複数台繰り出しての大掛かりな追跡が試みられたこともあったが、その時も同様の結果が待っていた。

「案外、ホントに消えちゃってるのかもしれないよね。ドロンってさ」

「何だか怪談じみた話になってきたな、オイ」

「そんなわけで、売人のほうをどうにかしようって話は早々になくなっちゃってさ。今はあんな感じで、ブツのほうを確保して回ってるってわけ。まあ……」

いずれ、エリーが見つけてくれるだろうし――そう言おうとして、何となく気が変わる。

チャコはピン、と人差し指を立て、司狼の鼻先につきつけた。

「あんたが捕まえてくれてもいいんだけどね。捕まえられるんだったら、さ」

「ヒトの事を指差すんじゃねえよ、ガキ」

悪態をつきながら、司狼は何事かを考えるような様子で、何もない虚空を見つめた。

チャコは、エリーの素性を摑んでいる数少ない人間の一人だった。

市内有数の名家の人間であり、お嬢様学校に通う優等生であり、大病院の跡取りでもあるという本城恵梨依《ほんじょうえりい》がこうした裏の顔を持ち、無償の慈善行為とも言えるこうした活動を行っている理由は知らなかったし、強いて知りたいとも思わなかった。

とりあえず、気に食わない奴や教師の個人情報をソーシャルで抜いて、掲示板でバラまくといったようなウサ晴らしに比べると、〈ボトムレス・ピット〉に入り浸ることで得られる愉《たの》しみは何倍も、いや何一〇倍もオモシロい。

彼女にとってみればそれがすべてであり、他の人間だって似たようなものだろう。

人はパンのみにて生きるにあらず。優れた王は、優れた娯楽の提供者でもあるものだ。

その点において、エリーは彼女たちにとって申し分のない、仕えるに価する存在だった。

(さて、あんたはどうなのかな？　狼さん)

そんなことを考えながら、チャコは冷水で喉をうるおす司狼の横顔をちらりと眺めた。

エリーとは違う意味でクラブの中心人物になりつつある、もう一人の規格外。

月乃澤学園で起きた場違いな乱闘騒ぎの噂は、彼女の耳にも入っていた。そうでなくとも、夜の盛り場でガラの悪い若者たちを相手に喧嘩を繰り返していた一匹狼の遊佐司狼は、アンダーグラウンドではある種の有名人だった。

（あんたも、エリーみたいにあたしたちを娯《たの》しませてくれるのかい？）

彼女のようなアウトサイダーは、同類の匂いに敏感である。

いずれ、遊佐司狼もまた〈ボトムレス・ピット〉に辿りつく——そんな確信めいた予感が、彼女にはあったのだ。

やがて、餓えた狼の貪欲な、無慈悲な渇望《かつぼう》が彼女たちを丸ごと呑み込み、刺激に満ちた日々を終わらせることを——この世ならざる終焉《ラグナロク》の戦いの渦《うず》の只中へと否応なく押し流していくことを、彼女はまだ知らなかった。

第四幕

ファイト・クラブ

Kampf Verein

Nicht einmahl ein Madchen,
viel weniger ein Weib! Ja das ist betrubt!
Und unser einer hat doch auch
bisweilen seine lustigen
Stunden, wo man gern gesellschaftliche
Unterhaltung haben mochte.

奥さんどころか、
女友達だっていやしない。いやになっちまう。
俺みたいなやつにだって、
時には楽しいことがある。
そんな時、話し相手が欲しいのさ

——E・シカネーダー、W・A・モーツァルト
「魔笛」より

「ここの支払い、私がやっておくわね」

「でもそんな……悪いですよ」

「いいのよ、ここはお姉さんに任せておきなさいって」

そう言って、エリーはテーブルに置かれた伝票をひょいっと取り上げた。

「いろいろと話を聞かせてもらったしね。今日はどうもありがと、また連絡するわ」

手早く会計を済ませ、喫茶店の外に出る。

ウィークデーの夜ということもあって、街路はスーツ姿の男女や買い物客、制服姿の学生たちで溢《あふ》れていた。

各分野の専門家やネット掲示板、探偵やフリー・ジャーナリスト――数多くの情報源をキープしているエリーだったが、そうした相手と彼女が直接顔を合わせることは滅多になかった。

〈ボトムレ・スピット〉に出入りしている何人かの情報屋は、数少ない例外だった。

諏訪原《すわはら》市の有力者である、本城家《ほんじょうけ》の令嬢。

繁華街の夜の顔とも言える、ナイトクラブのオーナー。

表と裏の両面において、良くも悪くも彼女はいささか有名人に過ぎたのである。

一〇代後半の身にして複数の会社を実質的に経営し、アンダーグラウンドにもどっぷりと首を突っ込んでいるエリーだったが、それはそれとして昼の生活――幸徳《こうとく》女子学園の学生としての生活を疎《おろそ》かにするつもりはまったくなかった。

部活動や委員会といった課外活動に参加できない分、遅刻、欠席などは極力避けて優秀な学業成績を修め、文句のつけられない優等生として卒業するつもりだったのである。

この二つが結び付けられるリスクは、可能な限り冒さずにおきたい。

少なくとも、彼女が学園を卒業するまでは。

だけど、自分の目で、自分の耳で直接確認しなければ気が済まないこともあった。

例えば――以前、学園の下級生から遊佐司狼《ゆさしろう》についての話を聞いた時がそうだった。

この日もエリーは、司狼のことを個人的によく知る人物と夕刻、中心街のはずれにある喫茶店で待ち合わせ、〈彼女が偶然、知りあうことになった家出少年〉について、カフェラテ二杯分の時間をかけて情報を交換していたのである。

さて、今日はこのあとどうしたものか。

少しだけ考えてから、〈ボトムレス・ピット〉には顔を出さないことに決めた。

二重生活を送っているエリーは、毎晩必ずクラブに足を運んでいるというわけではない。

確実に顔を出すのは、イベントが開催されることの多い金曜日と土曜日の夜。

その他の日については気まぐれで、だいたい週の半分くらいの夜を〈ボトムレス・ピット〉のVIPルームで過ごしていた。

経営者とはいっても、優秀なスタッフが何人もいるので、常駐せずとも店は回転するのだ。

このところ、自宅マンションには着替えの目的で立ち寄るのがせいぜいで、彼女が帰る場所はすっかり〈事務所〉のほうになっていた。

無論それは、居候の存在によるものである。

初めて言葉を交わしてから数カ月。

一つ屋根の下で暮らすようになってからはわずかに一カ月。

しかしそれは、かつて過ごしたことのない濃密な日々ではあった。

女子高生という表の顔を持つエリーはもちろん、司狼とて一日中、クラブにいるわけではなく、常に一緒にいるわけでもなかった。

深夜、思い思いの時間に〈事務所〉の部屋に帰り、日々の投資《デイトレーディング》のかたわら司狼とじゃれあいのような交流をする。

それから、彼と同じベッドで短めの睡眠をとり、いったん自宅に戻って登校の準備をする。

最近の彼女の日課は、概《おおむ》ねそんな感じになっていた。

無論、うまく時間が合えば、一緒に食事をすることもある。

遊佐司狼は、いろいろと器用な男ではあったが、自活能力については壊滅的だった。

病院から脱走する前、アパート暮らしをしていた時分は、生活の衣食住の大部分を幼《おさなな》馴《じ》染みの綾瀬《あやせ》香純《かすみ》に依存していたと聞いている。

――司狼に言わせれば「何か面倒みさせろってうるせえから仕方なく」という話ではあるが、それでは洗濯物が溜まるのはもちろん、放っておけばミネラルウォーターとカロリーメイトだけで何日も過ごしかねないところがあった。

とりあえずデパ地下で買い物でもして、栄養のつく物でも喰わせてやるか。

手間のかかる弟ができた気分だが、まあ……こういうのも悪くない。

エリーは満ざらでもなさそうな微苦笑を浮かべると、夜の街路を行き交う雑踏の中に足を踏み入れ、やがてその中に溶け込んでいった。

あのバカ、今日はどこで何やってんだか。

そんなことを、考えながら。

*

同時刻――

鯨波《げいは》となった歓声が、怒声が、剝《む》き出しのコンクリートに跳ね返されてわんわんと反響する。

聴こえる音は、それだけではない。

握り拳《こぶし》を、足先を叩きつける音。

棒状の物体がぶつかり合う音。

極められた関節の軋《きし》む音。

そういった、決して耳心地のいいものではない鈍い音が、そこには充満していた。


「ふっ！」

「！」

ライダースーツ姿の少年の打ち出した、体重の乗った掌《しょう》底《てい》を真っ向から胸に受け、文字どおり吹き飛ばされた皮ジャン姿の少年が背中から柱に叩きつけられる。

「ぐふっ」

衝撃を吸収する素材とはいえ、数秒は呼吸もままならない。

「まだまだ……」

追い打ちをかけようとした少年は、しかし次の瞬間、横に飛びすさった。

一瞬前に立っていた場所に銀色の物体がいくつも飛来し、硬質ウレタンの床にバウンドする。

飛んできたのは、投げナイフか何かのようだ。

流石《さすが》に刃は潰されているようだが、あんなものを喰らえばただではすまない。

「ちぇ、気付かれたか」

少年めがけてナイフを投げつけた小柄な少女が、柱の上で舌をぺろりと出してみせる。

「いたずらが過ぎる」

「油断大敵。頭上にも気をつけないから、上にいるあたしに気付けないんだよ」

そう言いながら、少女は軽業師のような身軽さで、別の柱に飛び移った。

「余計なお世話だ」

「くやしかったらここまでおいでー」

その僅《わず》かな時間に、先ほど柱に叩きつけられた皮ジャン少年は呼吸を整え、地面すれすれに腰を落とした姿勢で前方に飛びだし、その勢いのまま上方へと警棒を振るう。

首狙いの一閃《いっせん》。

この角度から攻撃すれば、こちらのリーチが伸びていることに気付けないはず。

咄嗟《とっさ》にそう考えたのだ。

だが――

「悪くない……だけど、甘い」

狙いがあからさま過ぎたようだった。

ライダースーツの少年は、片膝を突き出して警棒を持った手首をはじき、そのまま膝から先を伸ばして相手の身体《からだ》を蹴り飛ばす。

咄嗟に腕を交差させて蹴りを受けようとしたが、間に合わない。

「うわっ」

鳩尾《みぞおち》に、固いブーツの先が叩きこまれる。

ごろごろと転がって受け身を取るが、再び距離が離れてしまう。

「奇襲から……敵の頸《くび》を狙う時は……薙《な》ぐのじゃなくて突いたほうがいい……」

——男女の別なく一〇数人の若者たちが、このような応酬《おうしゅう》をそこかしこで繰り広げていた。

ナイトクラブ〈ボトムレス・ピット〉の本体とも言える多目的ホール。

その地下数一〇メートルほどの位置には、大型の市民体育館がすっぽりと入ってしまいそうな、直方体状の広大な空間が広がっている。

蟻《あり》の巣めいた地下道の図面を作ろうという名目——実のところは遊び半分で繰り出された有志探検隊によって、そこは発見された。

地下駐車場というには、車の出入りに使えるような通路は設けられていない。

通気口は存在していたものの、倉庫として使うには湿度や温度、清浄な空気を保つ空調設備が設けられていない。

エレベーターや、地上から直通の隠し通路といった便利な移動手段は存在しない。

計画図面には存在しなかった、謎の区画である。

消防法も何もあったものではない曲がりくねった通路を抜け、階段を幾度も上り下りすることでようやく辿りつくことができる。

〈ボトムレス・ピット〉の地下に横たわる、からっぽの空間。

そこは、古参の常連たちの間でも知る者の少なく、足を運んだことのある者はさらに少ない場所であり——現在は〈訓練場〉という隠語で呼ばれている。

といっても、組織だった戦闘訓練を行っているとか、そういう話ではない。

最初は、ちょっとしたケンカだった。

言った言わないから始まった口論がアルコールの勢いで加速し、ならば今晩ここで決着をつけようという話になり、煽《あお》りたてていた客たちの誰かが人目につかないデッドスペースのことを思い出し――

現在そこは、店に出入りしている中でも特に血の気の多い少年少女が出入りし、誰憚《はばか》ることなく暴力をぶつけ合うファイト・クラブとして活用されていたのである。


エリーは、この場所の使用を許可するにあたり、ルールをいくつか設け、徹底した。

口外無用。ファイト・クラブの存在を、店の外で決して口にしないこと。

遺恨《いこん》無用。勝敗の結果を、後々まで引きずらないこと。

その他にも、賭《か》け試合は禁止であること。

ギブアップした相手に追い打ちをかけないこと、エトセトラ。

罰則は、店への出入り禁止。

エリーにとって、〈ボトムレス・ピット〉の経営は目的達成のための手段に過ぎず、そこから得られる利益は副次的なものでしかない。

ここで行われるフリーバトルをアングラの賭博《とばく》興行として営利化することも可能ではあったが、彼女は自分の時間がそのために浪費されることを嫌った。

あくまでも、お遊びの一環であり、基本的には自己責任。

その上で、〈正義の味方〉活動に参加している者たちの士気が維持され、錬度を向上させる手段としては有用だと判断したのである。

〈訓練場〉には、元々この場所に山積みになっていた硬質発泡ウレタン——おそらく、建築用の断熱材か何かだったのだろう——のブロックが積み上げられ、譬《たと》えて言うなら積み木で造ったミニチュアの街のような様相を呈していた。

その中心部では、雑多に積み上げられたブロックがちょっとした小山を造っている。

そして今、小山の頂では二つの影が組み合い、〈訓練場〉の四方に設置された大型の照明塔に照らし出されていた。

「ずおりゃあああああああああああああああああああ！」

赤い髪の少年が雄叫びをあげ、自分よりも一回りは大きい相手を逆さまに、肩に抱えあげる。

「——ッ！」

両膝ががっちりとホールドされ、首を極められた相手は身動きもままならない。

締め上げられた関節に鈍痛が走り、苦痛に歪む顔に脂汗が浮かぶ。

「ギブアップ、するかい？」

「……ノー！」

「へへ、そうこなくっちゃ——なッ！」

そのままの態勢で、司狼は前方に大きくジャンプした。

「ぐああああああッ！」

着地の瞬間、身体がバラバラになるような衝撃が走ったことだろう——司狼に抱えあげられた相手は、そのまま口から泡を吹いて失神した。

「すげえ、今度はサムソン・ストライカーだ……」

「どうやって、あんな……」

いつしか自分たちの戦いを止め、〈訓練場〉の中心で繰り広げられる勝負に釘付けになっていた者たちの口から、称賛とも呆れともつかない言葉が漏れる。

互いに技を順番に掛け合う約束事のもとであるならばともかく、実戦慣れした相手にプロレスの大技を仕掛けるなど、困難どころの騒ぎではない。

ファンタジーと断じてしまってもよいだろう。

しかしこの日、〈訓練場〉に現れたこの男は開口一番、「今日は俺、プロレス技縛《しば》りでいくんで」と言ってのけた。そして、その宣言どおりに——彼の周囲には今、ブレーンバスターや雪崩《なだれ》式フランケン・シュタイナーといった派手な大技を喰らった者たちが、死屍累々《ししるいるい》の有様でそこかしこに倒れているのだった。

見た目以上に引き締まっているとはいえ、どちらかといえばほっそりとした体型の司狼の身体のどこに、そんなパワーが隠されているのだろうか。

あるいは、司狼は痛覚を喪《うしな》ったことにより、火事場の馬鹿力を常時発揮できる、そんな格闘者の夢見る身体コンディションを手に入れたのかもしれない。

「いよォし、次に俺にやられる相手はどいつだ？」

〈訓練場〉の中心。

勝ち残った者だけが君臨することのできるその場所で司狼はバシンと両手を打ち鳴らし、周囲をゆっくりと睥睨《へいげい》しながら次なる挑戦者を待った。

「まだまだ、宵の口じゃねえか。たっぷりとバトろうぜ！」


遊佐司狼。

少し前に王女《プリンセス》が連れてきた新入りである。

〈ボトムレス・ピット〉オープン当時からの最古参の常連は、エリーの命令や方針には絶対服従の親衛隊のようなものであり、彼女の気まぐれに慣れっこだった。

よって、内心でどのように思っているかどうかはさておき、彼女が引っ張り込んだ新しいお気に入りに、ことさら絡んでくる者はいなかった。

だが、それ以外の面々はそうではない。

もちろん、他では味わえない極上の娯楽を用意してくれるエリーのことは信頼しているし、彼女の機嫌を損ねることは避けたいと考えていた。

だからといって、彼女たちの王女《プリンセス》に目に見えて特別扱いされているポッと出の新入りを、無条件で仲間として迎え入れることは心情的に難しかった。

司狼はといえば、そんな周囲の目などどこ吹く風。

勝手知ったる庭という様子で〈ボトムレス・ピット〉の猥雑な空気を満喫《まんきつ》していたのみならず、ごく一握りの人間だけが利用を認められているＶＩＰルームにも自由に出入りしているようだった。

そんな彼に、やっかみと好奇心の入り混じる複雑な感情を向ける者たちもいたのは、当然の成り行きではある。

そうした腫れものに触るような空気がしばし続いたが、やがてそれは劇的に変化した。

ある夜、地下にふらりと姿を現した司狼が、わずか数時間で〈訓練場〉の有志がプライベートで作成していたファイター・ランキングを塗り替えたのである。

多くの意味で地上世界から切り離されたバトルフィールドで、彼は狼のように獰猛《どうもう》に吼《ほ》え猛《たけ》り、狼のように激しく暴れ回った。

「ま、リハビリとしてはちょうどいい運動になったわ。ありがとよ。これからもヒマしてる時にはつきあってくれや」

連戦の末、鼻血を拭いながら司狼が嘯《うそぶ》いた時、腕力と突進力では敵なしと目されていた上位ランカーたちが幾人も、息も絶え絶えといった様子で彼の足もとに横たわっていた。

遊佐司狼が、一癖も二癖もある〈ボトムレス・ピット〉の常連たちに本当の意味で迎え入れられたのは、まさにその時であったかもしれない。

ホールに姿を現した司狼がバーカウンターのお気に入りの席——ここのところ、その席はいつも彼のために空けられていた——に座ると、その周囲にはいつもすぐに人だかりができた。常連たちは新旧の別なく司狼に親しげに話しかけ、そうした中にはあからさまな憧憬《どうけい》の目を彼に向ける者もいた。

司狼のほうも、少し面倒くさげな様子を漂わせてはいたものの、内心悪くはないと感じているのだろう。気さくな軽口で彼らにいつも応じていた。

時折、彼は意気投合した数名を率いて店の外へ出かけていき——ある時などは、夜も更けたというのにどこで何をしてきたのか、丸々と肥え太った猪《いのしし》の死骸《しがい》を担いで帰ってきた。狩猟料理《ジビエ》の経験がある厨房《ちゅうぼう》詰めのコックが直ちに血抜きし、翌晩には来客全員にカタロニア風の猪肉パテが振る舞われたのだった。

わずかな期間の内に、彼を新入り《ニユービー》扱いする空気は消え失せていた。

開店当初からの古馴染《ふるなじ》みだったかのように司狼は振る舞い、周囲も彼をそのように遇した。群れを束ねる上位者として、司狼は認められたのである。

＊

「ただいまー」

大きな買い物袋を幾つか抱えたエリーが〈事務所〉に帰ったのは、あと少しで日付が変わろうという頃合いだった。

最近のショッピングセンターの食品売場は、深夜営業しているところが多く、独り暮らしには大変便利な世の中だと思う。

コンビニエンスストアも便利なことは便利だが、扱っている食材の種類がそう多くない上、コストを低く抑えることを優先するならばともかく、品質はどうしても劣る。

何だかんだで予想以上に荷物が多くなりすぎたので、帰りにはタクシーを使った。

中心街からタクシーを走らせること一〇分あまり。

マンションの入り口から自室を見上げるとルームライトが点《とも》っていたので、どうやら同居人は自分よりも早く帰宅済みであるらしい。

扉を開けた時、室内に声をかけたのにはそういう理由があったわけだが――

「よう」

玄関前の廊下に、肩にタオルを引っかけている以外は一糸まとわぬ姿――要するに、素っ裸の司狼が立っていた。

バスルームに続く扉が少し開いているので、シャワーでも浴びていたのだろう。

エリーは無言で携帯電話を操作し、司狼に向けて幾度かフラッシュを焚《た》いたあと、無言のまま携帯電話を上着のポケットにしまった。

続いて、軽い溜息を一つ。

「待て、何で写真撮ったの？」

「……風邪ひくわよ」

「いやちょっと、俺の話を聞けよ。お前今撮ったよな、俺のヌード写真。何なの？　そんなもん撮ってどうしようっての？　俺の若く熟《う》れたカラダが目的なの？」

慌てたように言《い》い募《つの》ってくる司狼の横を通り抜け、そのままキッチンへと向かう。

「で、勝ったの？」

「ん？　ああ……」

司狼の身体には、そこかしこに昨晩はなかった痣《あざ》ができていた。

出血を伴う傷などは見当たらなかったので、大方、〈訓練場〉でひと暴れしてきたのだろうとあたりをつけたのである。

「……とりあえずな。七人抜いたあとは数えてねえけどよ」

「夕食は、何か食べた？」

「いや、水分補給だけ」

「そ」

その返答を聞き、にっこり笑うエリー。

「少し待ってて。ご飯作ったげるから、あんたもさっさと服着てきなさいよ」

＊

遊佐司狼と事実上の同棲生活を送るにあたり、何よりも彼女を悩ませることになったのは、意外にも食事の問題だった。

夏のオートバイ事故により、後天性の無痛症を患っていた司狼は、外部刺激に対する感覚を全般的に喪失していた。

彼が喪った感覚の中には、味覚も含まれている。

多くの場合、味覚障害は舌の表面にある味蕾《みらい》の異状に起因するものだが、司狼の場合は脳に問題の原因があるようだった。

舌は味を感じているのだが、脳のほうでそれを処理できないのである。

食生活の大部分を外食と幼馴染みに依存していた彼は元々、食べ物に対する執着が薄い。

何を食べても味を感じなくなってしまった今、その傾向はいよいよ強まった。

そんなこんなで、カロリーメイトやゼリー飲料などの栄養調整食品ばかりに偏った、自動車《クルマ》を走らせるためにとりあえずガソリンを突っ込むのに等しい、不健康極まりない生活習慣が染みついていたのだが――

人間が一日に必要とする栄養分は、ビタミンにたんぱく質、脂質、ミネラルなど数多くの種類にわたり、補助食品だけで賄《まかな》うことなどは到底できない。

　結果、エリーに拾われた時の司狼は、無自覚な栄養失調状態に陥っていたのである。

「飯食えって言われてもなあ」

　そのことを指摘された司狼は、彼にしては珍しい困惑の表情を浮かべたものだった。

「何しろ、こう何食ってても味ってもんが全然しないとさ、もそもそ口動かしてるだけで何だか悲しくなってくんだよな。あれだ、夜中に一人でアダルトビデオ観ててさ、俺何やってんだろって我に返る感じっつーか……」

　今イチよく意味がよくわからない部分もあったが、その言い分は理解できなくもない。

　長い歴史の中で、人が新たな調味料を探し、食材となる植物や動物の品種を改良し、料理器具やレシピを工夫してきた目的は、生命を維持する上で必要な労働であるところの食事というものを「楽しい」作業とすることで、それを仕方なく繰り返すだけのルーチンワークではなくすことにあったといえる。

　モチベーションを維持する上で、味を感じられないことは致命的であり、ただ単に燃料補給するのであれば料理にも食事にも時間のかからない――短時間で準備できて手早く咀嚼《そしゃく》、嚥下《えんか》することのできる補助食品で済まそうという気分にもなるだろう。

　ただし、それで十分な栄養を摂ることができるのであれば、だが。

　なまじ感覚を喪失している分、自覚症状がないというのがなお悪かった。

　エリーとしては、いざという時に貧血で倒れるパートナーを持つつもりはないのである。

そうした事情から、彼女は同居人のためにしばしば腕を振るい、自ら食事を作った。

彼女が自炊もするようになったのは独り暮らしを始めてからのことだったが、元々手先が器用なこともあり、料理はむしろ得意だった。

司狼に十分な食事を摂らせるという目的意識が生まれてからは、あれこれと考えて、献立《こんだて》を工夫するのも楽しかった。

この日、彼女が用意したのは――まずは前菜として、レタスの上にクルトンをたっぷり散らしたシーザーサラダと、えんどう豆のスープ。主菜は骨つき牛肉をミディアムレアに焼きあげたティーボーンステーキで、その横には少し固めのベイクドポテトと、スライスしたオニオンをからっと揚げた山盛りのフライを添えている。

あれこれ試行錯誤を繰り返したあと、エリーが辿り着いたのは「食感」だった。

食事行為を通して人間が受け取る感覚は、三つの要素から成り立っている。

舌が感じる味。

鼻で嗅《か》ぐ匂い。

そして、「歯応え」に代表される、歯や舌、顎《あご》が受け取る食感である。

幸い、以前に比べるとかなり鈍ってしまったとはいえ、司狼の嗅覚は完全に喪われてしまったわけではなかった。

となれば、注力すべきは匂いと食感である。

シャキシャキのレタス、サクサクのクルトンは言うに及ばず、T字型の骨にフィレ肉とサーロインという食感の異なる二種類の肉がくっついているティーボーンステーキの焼けた匂いは、オニオンフライが漂わせるディープフライフレーバー——揚げ物特有の香りと絡み合って、薄められながらも司狼の脳に届き、食べたという実感を与えてくれる。

そういう、メニューである。

司狼は、わざわざ面と向かって料理の感想を言ったりしない。

彼女の側にも強いて聞き出すつもりはなかったので、実際のところ、どういう風に受け止められているかどうかはわからない。

少なくとも、食卓に出されたものを司狼が残したことは滅多《めった》になく、不機嫌そうな顔をしてみせたこともないので、たぶん——喜んでくれているんじゃないかと思う。

このあたり、綾瀬香純という人にも話を聞いてみたいところだが、伝え聞く彼女の人となりを考えると、接触は避けたほうがいいかもしれない。

少なくとも今は、まだ。

ともあれ、相手がどう感じてくれるかを想像しながら料理をしたのは、エリーにとっては初めての体験だった。

大好きだった祖父にも、自分が作った料理を食べさせてあげたかったな——

二年前に大金を稼いだという怪しげなアルバイトについての司狼の話に耳を傾けながら、エリーはそんなことを考えていた。

＊

だからだろうか。

その夜、ベッドの上でいつものようにじゃれあいながら、彼女は祖父のことを話した。

「気になる？　お爺様のこと」

「気になるっちゃ気になるが……とうの昔に死んじまったんだろ？」

司狼は乱暴にエリーを抱き寄せ、彼女の耳に歯を立てた。

「思い出の中にしかいない奴に対抗意識を燃やしたところでさ、空しくなるしな」

それに今、お前はもう俺のもんだろ？

言葉の形にこそされなかったが、そんな司狼の態度がエリーの脳髄《のうずい》のどこかを甘く痺《しび》れさせ
――自分にこんな部分があったのかと、彼女を今さらながら驚かせた。


幼い頃、人を殺したことがある。


司狼がそんな事を言い出したのも、やはりベッドの上だった。

まるで、ちょっと赤信号を渡ってみたとでもいうような、軽い口調の告白だった。

「そっか」

エリーが答えたのは、それだけだった。

不思議と、驚きはなかった。

そんな過去があってもおかしくない、そういう男だと感じていたのである。

「理由はわからねえ。俺にとっちゃ、ただダチの父親だってだけで、恨みとかそういう感情は全然なかった。ただ、こいつを生かしておいちゃダメだって、そう強く感じたのさ」

おそらく――彼が幾つかの感覚を喪った交通事故とは関係なく、遊佐司狼という人間と彼を取り巻く環境は、それ以前からとうに壊れてしまっていたのだろう。

司狼が殺害したという綾瀬孝造《こうぞう》という人物は、彼の幼馴染みであり、つい最近まで同じアパートで暮らしていた綾瀬香純の父親であると同時に、兄弟同然の間柄とも言える藤井《ふじい》蓮《れん》の養父でもあった。

司狼の心にはわずかばかりの罪悪感もなく、犯行を隠した理由についても、「蓮に秘密にしてろって言われたから」という以上のものはなかったようだ。

だが、その言葉から、司狼が口にしなかった言外の事情についてもエリーは察した。

きっかけは多分、存在したのだ。

それはきっと、彼にとっては間違いなく特別の存在である、藤井蓮という少年に関わるものだったのだろう。

ともあれ、事件のあとも香純と気のおけない友人関係を続けてきたことが、司狼の言葉が嘘やハッタリではないことを証明してもいた。

少しでもうしろめたさを感じていたならば、一〇年以上にわたり自分がその手にかけた人間の身内の近くにあり続けることは、耐えがたいものになるはずだった。

まして、彼は当時一〇歳にも満たない子供だったのである。

彼女は司狼が人を殺したという事実そのものよりも、そうした異常性のほうに興味を抱いた。

当時の新聞や、警察の資料を取り寄せたのはそのためである。

綾瀬孝造。

死者の名前は、すぐにわかった。

報道された肩書は「教授」となっているが、これは都心の大学で客員教授を務めていたことによるもので、正確には諏訪原遺伝工学研究センターに研究室を構える研究員だったようだ。

彼の死体が自宅地下の隠し部屋から発見されたのは、一一年前のことになる。

司狼の告白が真実であれば頚部《けいぶ》に刺し傷があったはずなのだが、県警の記録では事故死として処理されたらしい。

〈あいつの研究室の棚には、まあ何つーか、いかにもマッドに相応《ふさわ》しいって感じの標本瓶が売るほどあってさ。カエルとか蜘蛛《くも》とか、いかにも毒がありそうな派手派手しいやつがホルマリンに浮かんでたな……〉

彼の言う研究室というのは、綾瀬教授の死体が発見されたという地下室のことだろう。

その部屋の存在は教授の妻も知らないことであり、庭の通気口から腐臭が漂いはじめ、警察が捜査に入るまでの間、彼は失踪《しっそう》したものとして扱われていたという。

地下室には、拘束具のついたベッドや手術器具といった、真っ当な用途で使われたものとは思えない不穏な設備が見つかっていた。捜査資料ないしは取材に入ったマスコミから流出したと思しい写真がネットに掲載され、それまでに市内で発見されていた身元不明の死体や、理由なく姿を消した行方不明者と結び付けられ、当時はかなりのスキャンダルになった。

そうした噂は、それが拡散した勢いを上回るスピードで鎮静化し、未解決事件を扱うネット上のWebサイトでも、都市伝説的なデマとして片付けられているようだった。


傷だらけのはぐれ狼。

我ながら月並みな感想ではあったが、彼――遊佐司狼を直接目にした時、エリーが最初に抱いたのはそんな印象だった。

その印象は、司狼がこうして彼女の横で寝息を立てている今も、変わることはなかった。

狼とは本来、群れを作る生き物である。

彼女が彼に本能的に惹《ひ》かれたように、彼女に惹かれて集まっているクラブの若者たちが、彼を好ましく感じるのは当然の成り行きと感じられた。

群れに強力なオスを引きこむことが何を意味するか、彼女ははっきりと理解していた。

それは、彼女が自らの手駒として生み、育ててきた〈ボトムレス・ピット〉を、捧げたも同然なのだということを。

地下の〈訓練場〉でさんざん身体を動かした疲れがあるのだろう。

深い眠りに沈みこんだ司狼は、規則正しい寝息を立てている。

それを確かめると、エリーは音もなくベッドを抜け出した。

椅子《いす》に引っかけてあったシーツを素肌に巻きつけて衣服がわりにすると、テーブルに移動してノートパソコンを開く。

まだ、目が冴えていたのである。

パソコン上のモニタでは、医学論文のデータベースサイトが開かれたままになっていた。

テキストボックスに綾瀬教授の名前を打ち込んだのは、特別これといった目的や確信があったわけではない。

〈ディープ・パープル〉の出所の調査が行き詰まりを見せていることに対する、気晴らしのようなものでしかなかった。

だから、数秒後に検索結果として返されたその文字列は、予期していたものではまったくない、不意打ちのような情報だった。

Kouzo Ayase
"Fur Telepathie Aktion in Latrodectus Clarimondi"
(Johann Wolfgang Goethe-Universitat Frankfurt am Main)
綾瀬孝造
「ムラサキマダラゴケグモの毒液における精神感応作用について」
フランクフルト大学

エリーの心臓が強く脈打った。
鼓動は激しいドラムのようで、音として耳に聞こえてきたような錯覚を覚えるほどだ。

ムラサキマダラゴケグモ。
〈ディープ・パープル〉。
ゴケグモの仲間の毒に似た物質。
精神感応作用。

これは偶然の一致？　それとも、何者かの誘導？

無数の可能性が彼女の心の中に湧きあがり、次々と対消滅を繰り返す中、指先だけが新たな情報を貪欲《どんよく》に求め、自動化された機械のように動き続けていた。

残念ながら、論文そのものはデータベースに登録されていなかった。

日本で閲覧《えつらん》可能な収蔵場所は――

生前、綾瀬教授が奉職していた、諏訪原遺伝工学研究センターの資料室。

初めて司狼を見出したあの夜、彼女たちが探検に赴《おもむ》こうとしていた海岸線の廃墟である。

Zwischenspiel

汝は、人狼なりや

Sind Sie ein Werwolf

I am so savage,
I am filled with rage. Hoo, hoo, hoo!
Lily the Werewolf is my name.
I bite, I eat, I am not tame.
Hoo, hoo, hoo!
My Werewolf teeth bite the enemy.
And then he's done and then he's gone.
Hoo, hoo, hoo!

あたしは蛮族。怒り心頭のね。フー、フー、フー!
あたしの名前は人狼リリー。
噛むし、喰らうし、飼いならされない。
フー、フー、フー!
人狼の歯が敵に噛みつきゃ、
そいつはお陀仏、あの世行き。
フー、フー、フー!

──「人狼の歌」
(一九四五年、英訳)より

一九八X年、八月二〇日――バイエルン州最大の都市、ミュンヘン。

マリア昇天祭のお祭り騒ぎが過ぎると、街中にはどこか気だるげな空気が漂う。

この国で、八月といえば夏季長期休暇《ウアラウブ》の月だ。

街中の個人商店には、休暇を報せる貼り紙を掲げ、シャッターを閉じている店が多い。

おそらく、家族で連れだって国内外の避暑地に出かけていたりするのだろう。

外資系企業などの勤め人《ゲシエフツマン》や観光客をあてこみ、かろうじて営業中の店も、一八時を回る頃には看板を下ろしてしまう。

エルザ・シュピーゲルは、ホテルのフロントで描いてもらった地図と通りの名前を見比べながら、目的地――ヴォルフェンシュタイン通りを探していた。

幾度か道を間違え、ようやく辿《たど》りついた頃には、すでに二〇時を回っていた。

街路からは人通りが絶えて久しかったが、聞いていたとおり――半ば朽ち果て、扉にも板が打ちつけられている今はやっていないバーの前、出しっぱなしになっているベンチの一つに、咥《くわ》え煙草《たばこ》の老人が腰掛け、テーブル上に広げた紙の上で熱心に手を動かしていた。

歳は七〇歳に届くだろうか。

いかにもドイツの労働者階級出身といった感じの、がっしりとした体型。

あみだに被ったベレー帽の下から、少しちぢれ気味になった灰色の髪が覗《のぞ》いて、小さな老眼鏡《ろうがんきょう》を鼻の上に乗せている。

「あのう」

エルザは、遠慮がちに声をかけた。

「オットー・ヴェーゲナーさんでいらっしゃいます?」

その時になって初めて、近くに別の人間がいることに気付いたらしい。

「いかにも、儂《わし》はヴェーゲナーだが……」

皺《しわ》だらけの手がゆっくりと動いて老眼鏡の位置を直し、灰青色の目が彼女に向けられた。

「お嬢さんは?」

「友人からの紹介です」

そう言うと、エルザはハンドバックの中から一枚の絵ハガキを取り出した。

「この絵ハガキを売ってくれた御老人から、面白い話を聞いたと伺《うかが》いました」

オットーは、彼女から受け取った絵ハガキをしげしげと眺めた。

それは確かに、この年の春先に老人が手ずから売ったもののようだった。

オットー・ヴェーゲナーは、アマチュアの風景画家だ。それも、夜景専門の。

一九八三年頃から、旧友が営んでいたこのバーの店先で風景画を描きはじめた。

最初はほんの手すさびのつもりだったが、たまたま彼の描いた風景画を気に入った観光客の勧めで、自分の絵を印刷した絵ハガキを売るようになった。

彼が好んで題材にしたのは、一九四五年以前のドイツの都市である。

ミュンヘンにベルリン、フランクフルト、ハンブルク——敗戦によって荒廃する以前、まだ活気のあった時代のドイツの街を、彼は記憶のみを頼りに描き続けた。

「私はエルザ・シュピーゲルといいます。ケルン大学の学生で、史学を専攻しています」

エルザはそう言って、学生証を取り出して見せた。

「友人から、あなたの話を聞いて……御礼は差し上げますので、差し支えないようでしたらどうか、〈人狼《ヴェアヴォルフ》〉のお話を聞かせていただけませんでしょうか?」

人狼——それは、一二世紀以降の民間伝承をはじめ、さまざまな記録に言及される、狼《おおかみ》の姿に変じて人と家畜を害する魔物の名だ。

人と狼の関わりは古い。狼《ヴォルフ》の語源は、今から三〇〇〇年以上前に、インド=ヨーロッパ語族のアーリア人が用いた掠奪者《ヴァルカ》という言葉に遡《さかのぼ》るという。

西欧では、人狼はある種の悪魔憑《つ》きだと考えられた。

旧約聖書には、「狼は子羊と共に宿る」という言葉がある。

中世以降、ここで言う狼は羊に喩《たと》えられるキリスト教徒の迫害者と解釈されるようになり、更に時が経つと、人の世に放たれた神の試練とされるようになった。

魔女裁判が猖獗《しょうけつ》を極めた一五世紀頃になると、人狼は悪魔の手先と考えられた。人狼だと疑われた人々が、殺人や人喰いの廉《かど》で捕縛《ほばく》され、人狼であるか否かを詮議する裁判が数多く行われたのである。

ただし、エルザの言う〈人狼〉は、人と獣の間を行き来する空想上の怪物のことではない。

「あなたはかつて、〈人狼〉だったとお聞きしました。ヴェーゲナーさん。是非とも、当事者の口からお話を窺いたいのです」

彼女の言うとおり、オットー・ヴェーゲナーはかつて〈人狼〉だった。

〈人狼〉とは、第二次世界大戦も末期にさしかかった一九四四年、祖国防衛を叫ぶ第三帝国総統アドルフ・ヒトラーの命令によって編成された、断末魔のドイツを彩《いろど》る奇怪な徒花《あだばな》の一つとも言える、ゲリラ部隊の名称である。

当時の彼は二六歳で、ライン＝ヴェストマルク地区の親衛隊本部付の事務官だった。

ザールラント州の片田舎《かたいなか》に生まれた彼は、人並みの愛国心の持ち主ではあったが、ヒトラー政権の積極的な支持者というわけではなかった。

ただし、年の離れた姉の夫は鉄鋼会社の幹部候補で、国家社会主義の熱狂的な信奉者だった。実科学校《レアルシューレ》を卒業する年に、オットーは実習のため訪れていた工場の爆発事故に巻き込まれ、片足を引きずるようになった。

できのいい長男の将来に立ち込め始めた暗雲に、悲嘆に暮れる妻の両親を見兼ねた義兄が、懇意《こんい》にしている親衛隊の役付きに相談し、連絡員のポストを紹介したのである。

当時の親衛隊の採用基準からして、彼のような身体に故障を抱えた人間が入隊を認められるのは本来であれば、難しいことだった。

そのあたりの引き締めが比較的緩い地方組織であったことと、そして彼の実績がプラスに働いたのだろう。彼の趣味はオートバイで、実科学校の在学中に級友とドイツ国内を横断し、新聞に取り上げられたことがあったのである。

かくして、彼は親衛隊に職を得ることになった。

連絡員としての彼の仕事は、親衛隊専属の配達員のようなものだった。

ヴェストマルク地区はもちろん、時には近隣の地区の党関連施設の間をオートバイで走りまわり、緊急の荷物や書類を送り届ける仕事である。

この仕事であれば、足のことはハンデにはならないだろうという、義兄の意見は正しかった。

ザールラント州独特のキツい訛《なま》りの方が、よほど出世の足かせになりそうだった。

「開戦当時、儂は親衛隊の地方組織の補給・物流を担当するようになっておった。近隣の党の施設をぐるぐる回ってた経験が重宝されたのさ。自慢じゃないが、儂の記憶力はちょっとしたもんじゃった。もっとも……」

オットーは、顔をくしゃりとさせて悪戯《いたずら》っ子のような笑みを浮かべる。

「長ったらしい部署名のことなぞ綺麗《きれい》さっぱり忘れちまったから、聞かれてもわからんがね」

所属していたヴェストマルク地区が、隣接するライン地区と合併してライン＝ヴェストマルク地区になったのは一九四三年九月。

皮肉にもその頃、彼の足は痛まなくなっていた。

「こいつの御蔭で、戦争が始まったあとも儂は兵士には不適格だと言われてわけだが、まあ、負い目のようなものはあったのだな」

「それで、〈人狼〉に？」

「そういうことになる」


〈人狼〉は、ドイツ各地の一般親衛隊員《アルゲマイネ》と、党の青少年教化組織であるヒトラーユーゲントなどからかき集められた、老若の五〇〇〇人から編成された。

もっとも、武装親衛隊《ヴァッフェンSS》などという代物まで設立し、武器をとれそうな人間を根こそぎ戦線に送りこんだあとのドイツ国内に、〈人狼〉などという勇ましい呼称を名乗るのに相応《ふさわ》しい優れた人員が残っているはずもなかったのだが。

司令官は、叩き上げの親衛隊員であり、ウクライナの警察監督者としてゲリラ戦のイロハを身に付けたハンス・プリュッツマン親衛隊大将。

戦後、西ドイツ連邦情報局《BND》の長官になる陸軍東方外国軍課のラインハルト・ゲーレン少将が訓練計画を練り、彼らはアルプス要塞へと送られた。

アルプス要塞は当時、チロル地方において連合国に対する最後の抵抗拠点として建設が進んでいる――そのように、ラジオ放送などを通して盛んに喧伝《けんでん》されていた国家要塞である。

アルプス要塞と〈人狼〉は、ある意味で表裏一体の存在だった。

〈人狼〉編成の主目的は本来、この要塞への攻撃を画策する連合国側の兵站《へいたん》列車に対する破壊活動《サボタージュ》にこそあったのである。

だが、オットーらを待ちうけていたのは、想像の斜め上をいく現実だった。

アルプス要塞とは実のところ、国民を鼓舞《こぶ》するためのプロパガンダ上にのみ存在する、砂上の楼閣《ろうかく》だったのである。

冗談のような状況ではあったが、当初の予定どおり、オットーたち〈人狼〉の部隊員には、ゲリラ戦闘や潜入、諜報《ちょうほう》、暗殺といった特殊な訓練が数カ月にわたって続けられた。

〈人狼〉は半ば忘れ去られた存在となった。

書類上の指揮官たちは、迫りくる連合国軍を前により重要な課題にかかりきりであり、彼らは実質的に野放しにされたのである。


「〈人狼〉の中には、独断で連合国軍に対する破壊活動を開始した人もいたそうですね」

「我々は、そういう訓練を受けていたのでな。長期間に渡って命令を受け取れない状況下で、数十人規模の少人数で部隊を編成し、武器や糧食を現地調達して敵軍に対する抵抗を続け、必要であれば要人の暗殺も行う。そういう訓練さ」

占領軍の支配地が拡大するドイツ各地で、雑で衝動的なものから緻密《ちみつ》な計画に基づくものまで、大小さまざまの破壊工作が行われたが、そのいくばくかは〈人狼〉によるものと噂《うわさ》された。

ヨーゼフ・ゲッベルス国民啓蒙《けいもう》・宣伝大臣による、〈人狼〉による抵抗活動を示唆《しさ》する内容の一九四五年三月二三日のラジオ演説によってその噂は助長され――


「四月の頭だったか。ベルリンの近くにあるナウエンって町では、〈人狼ラジオ〉の放送まで始まったのさ。冗談みたいな話だがね。このラジオ放送は、こういう悪趣味な歌で始まったもんだ。〈人狼の歯が敵に噛《か》みつきゃ、そいつはお陀仏《だぶつ》、あの世行き。ホー、ホー、ホー〉」

たぶん、何度も披露したことがあるエピソードなのだろう。

わざとらしいほど芝居がかったダミ声で、歌い終えた老人はそれこそ涙を流さんばかりの勢いで咳混じりの笑い声をあげた。

「ですけど」

こちらも笑いながら話を聞いていたエルザの声が、わずかに変化する。

「あなたは〈人狼〉として、抵抗運動とはまったく別の任務に就いていた……そうですね？」

「……ああ、そうだ。そうだった」

それまでとは打って変わった神妙な様子で、老人は厳《おごそ》かに言葉を発した。


一九四五年、五月一日――ドイツ、ベルリン。

オットー・ヴェーゲナー親衛隊曹長以下、一二名の部下たちの姿は、圧倒的物量差に押し潰されつつあった首都、ベルリンにあった。

「あー、将軍殿《ヘル・ゲネラール》。ソレ、本気で言ってますかい？」

電話の向こう側にいるのは、彼ら〈人狼〉から一〇〇名の人員を引き抜き、独自の任務に狩りだした国家保安本部《RSHA》第Ⅵ局のヴァルター・シェレンベルク少将である。

「こっち《ベルリン》は今、暖炉に放りこんだ缶詰みたいなもんでね。あっちもこっちも真っ赤っかに燃えてる上に、フライパンの上のどんぐりみたいにいつ破裂するかわかったもんじゃありませんや。脱出方法なんてものがあるんだったら、そいつでこれから一儲《もう》けして一生食うには困らなくなりますぜ。まあそれに……」

話しながら、ヴェーゲナーは窓の外に広がっている、狂った赤色に染まる空へと目を向けた。

「それに……あの怪物どもが、見逃してくれやしませんさ」

巨大な、とてつもなく巨大な鉤十字《スワスチカ》。

その中心を貫くように屹立《きつりつ》する、禍々《まがまが》しい尖塔。

そして、鬣《たてがみ》の如き黄金の髪をゆらめかせながら、いかなる種類の感情もそこから窺《うかが》うことのできない黄金の瞳で、悲鳴と銃声、爆音が交錯するベルリンを見下ろす、黙示録の獣の如き美丈夫の姿が、そこにあった。

ラインハルト・ハイドリヒ。

元親衛隊中将にして、ドイツの影の象徴ともいえる国家保安本部の立役者。

直接の面識はなくとも、開戦前から親衛隊に名前を連ねた人間として、秘密警察《ゲシュタポ》と保安課報部《SD》のボスである彼の名前は、幾度も耳にしたことがあった。

葬儀《そうぎ》の際には、地方組織の彼《ヴェーゲナー》も軍人墓地の警備に駆り出されたものである。

将軍とのやり取りを終え、勝手に電話を拝借した無人の煙草《たばこ》屋から出ると、緊張した面持ちの部下たちが彼を取り巻いた。

「さてと、野郎ども。知ってのとおり、我々の敵はアカの軍隊ではなく、敗戦のドサまぎで同胞を殺戮《さつりく》して回る、地獄から這いだしてきやがった怪物どもだ。俺たちの任務は何だ、伍長？」

「はい、曹長殿！」

ヒトラーユーゲント出身の、まだ高校生といっていい紅顔の伍長が、いくぶんか堅い声で応じた。政治的にはノンポリと言って良いヴェーゲナーに比べると、ナチス政権を素直に信奉していた少年だが、この一カ月ばかり、ドイツの各地で見聞きしてきた「騎士団」とやらの蛮行の証は、祖国と家族を愛する少年にも強い印象を与えていた。

「我々を含む三つの部隊はこれよりベルリンに展開し、装甲車や戦車をもって聖槍十三騎士団なる無法の輩《やから》を妨害、市民を分断したあとに可能であれば市外への脱出を誘導する」

「……可能であれば。そういうことだ」

ヴェーゲナーはにやりと笑い、手にしたＳｔＧ４４《アサルトライフル》をガチャリと構えた。

悲鳴と銃声と爆音の絶え間なき狂想曲が、ベルリンを覆いはじめた。同胞と敵の区別なく、生きとし生ける者を等しく殺戮する、怪物たちによる蹂躙《じゅうりん》が始まったのだ。

「ならば、行くぞ、〈人狼〉ども！　ドイツの敵を喰い殺せ！　フー、フー、フー！」

「フー、フー、フー！」


五月一日から二日にかけて、抗戦を続けていたベルリンの守備隊は、その大部分が降伏した。軍人と民間人を合わせた死者数は少なく見積もっても三〇万人。

八万人以上が行方不明になった。

オットー・ヴェーゲナー親衛隊曹長ら、シェレンベルク将軍配下の〈人狼〉部隊が、ベルリンの断末魔においていかなる行動をとったのか。現時点で機密指定が解除されているあらゆる公文書において、その記録や証言は確認されていない。


「ありがとうございました。大変興味深いお話でした」

エルザは老人に例を言いながら、ぱたんと音を立ててメモ帳を閉じた。

「最後に一つだけ、質問を。一九六〇年の新聞に、あなたの名前が載っているのを見つけました。ヴェーゲナーさん。あなたは戦後、スペインやアメリカ、メキシコなどの国を転々としたあと、一九六〇年にアルゼンチンの警察に拘留されて西ドイツに送還されて以来、親衛隊員であったことはもちろん、〈人狼〉の一員であったことを一切、口にされませんでした」

オットー・ヴェーゲナーは何も答えず、ただエルザの顔をじっと見返した。

「なのに、あなたは突然、行きずりの観光客を相手に、胸の中に匿《かく》してきた〈人狼〉のことを

――とりわけ、ベルリン陥落直前にあなたが目撃した異様な光景のことを話し始めましたね」

エルザの纏《まと》う空気は、いつしか剣呑《けんのん》なモノに変化していた。

彼女の口調には、徐々に嘲弄《ちょうろう》のような響きが混ざり始めた。

「開戦前の、美しいドイツの風景をはっきりと記憶し、それを白い紙の上に描き出すことだけが生きがいになっていたかつての〈人狼〉に、どのような心境の変化が訪れたのでしょう？」

「……ああ、それはだね、赤ずきん」

いつの間に取り出したのだろうか。

老人の手にはいつの間にか、黒光りする小型セミオートマチック拳銃――ワルサーＰＰＫが握られ、エルザと名乗る少女の額にぴたりと照準を定めていた。

「お前たちの長い耳に、儂の――狼の遠吠えがいつか届くことを期待してのことだとも」

それを見た魔女――もはや、エルザ・シュピーゲルという名の大学生はどこにもいなかった――は、口を三日月のように歪め、禍々《まがまが》しい笑みを浮かべてみせた。

「流石《さすが》ね、親衛隊上級曹長《ハウプトシュトゥルムフューラー》。いつから、気づいていたのかしら」

「最初からさ、ルサルカ・シュヴェーゲリン。東方正教会のリークでお前たちの生存が確定した今、儂は儂なりの形でお前たち――聖槍十三騎士団と決着をつけておくべきだと思ったのだよ」

その言葉を聞いた少女は、あからさまに落胆してみせた。

「えー、何よそれ。てっきり、どこかの組織に支援されて釣り針を垂れてきたのかと思ったから、わざわざこうしてバカンス気分で出張ってきてあげたのに。待ってたのは自殺願望のあるお爺ちゃん一人だってわけ？」

あからさま嘲弄《ちょうろう》。その一方で、老人の顔には何もかも棄《す》ててきた者に特有の、透《す》き徹《とお》った笑みが浮かんでいた。

「人狼は、どこにでもいる。そして、人狼の命はたとえどこかで奪われようとも、その意志は必ず群れの誰かに伝わるものだ。たとえ我々のすべてが死に絶えようとも、お前たちの重ねた罪の重さは、お前たちの魂《たましい》の穢《けが》れは、必ず別の新たな人狼を呼びよせる。必ずだ」

「まったくね〈人狼〉ってのはしつこいったらないわ。一匹潰してもどんどん湧いてくる」

ルサルカ――聖槍十三騎士団の黒円卓第八位〈魔女の鉄槌《マレウス・マレフィカム》〉の異名を持つ雌カマキリは、無邪気な笑い声をあげた。

「とりあえず、あんたはここでおしまい。バイバイ《チュース》、素人画家のお爺ちゃん」

ミュンヘンの街路に一発の乾いた銃声が響き――

街灯に照らし出された深夜のヴォルフェンシュタイン通り。

閉店して久しいバーの前に置きっぱなしのテーブルには、ついに描きあげられることのなかった一枚のスケッチのみが残されていた。

第五幕

白い闇

Weiß Dunkelheit

Erklinge, Glockenspiel, erklinge!
Ich mus mein liebes Madchen seh'n.
Klinget, Glockchen, klinget,
Schafft mein Madchen her!

鳴れ鳴れ鈴よ!
おいらは彼女に会いたいんだ。
鳴れ鳴れ鈴よ!
おいらの彼女を連れてこい!

――E・シカネーダー、W・A・モーツァルト
「魔笛」より

「ええ……帰宅してからどうも体調が優れなくて……はい、ありがとうございます。明日はお休みさせていただきます……ええ……もちろん、病院には行きます。はい……ええ……わかりました。では、これで失礼します」

手短に用件だけを話し、通話を切った。

無意識に、安堵《あんど》のため息をついてしまう。

ナイトクラブの支配人として、いくつもの会社を実質的に経営する実業家として、エリーは海千山千の大人たちを相手に数多くの交渉事をこなしてきた。

とはいったものの、教師との電話越しの会話はいつも、緊張を強いられる苦行の類《たぐい》だった。

この時ばかりは、一人の学園生として話をするしかないからだ。

こちらの話の中身が真っ赤なウソともなれば、なおのことである。

エリーの実家である本城家《ほんじょうけ》は、幸徳《こうとく》女子の大口の寄付者に名を連ねてはいるが、それはあくまでも実家の影響力が強いということであって、彼女自身のものではない。

そういった事情もあり、よほどのことがない限り学校を欠席しないよう努めてきた彼女だが、今回はその「よほどのこと」に該当するケースだった。

「へええー」

赤いニット帽の少女――自称・情報屋のチャコは、いつになく神妙な様子のエリーがおかしいのか、無遠慮な視線を遠慮なく彼女に注いでいた。

「ホントに幸徳に通ってたんだね、エリーさんってば。知ってたけどさ」

「なあに？　私が身分詐称《さしょう》してるとでも思ってた？」

「実際にガッコにいるとこまでは見たことないしぃ。単なる書類上の情報として知っていることと、実際にそれっぽい感じのとこを見せられるのとは全然違う話じゃん？」

「まあ、ちょっと試験の成績がいいってだけの、別段珍しくもない優等生よ。生徒会活動に積極的なわけでもなければ、学校が斡旋する奉仕活動に熱心なわけでもないしね」

「ガッコでは絶対に評価されないし、申告するわけにもいかない学外の経済活動に熱心だもんねえ。あ、それとも諜報《ちょうほう》活動？」

「そういうあなたも、きちんと学校に通っているようには全然見えないけど」

「文系大学生ってのはね、時間のやりくりがつくことだけが取り柄なのさ――」

悪びれもせず、そう言ってのける。

背が低く、童顔なチャコはエリーよりも三、四歳は年少に見えるが、実際は一つ上である。

県内の大学のメディア情報学とか何とかいった学部に在籍している一回生。

実のところ彼女は本城家ほどではないにせよ、現職の代議士を何人も輩出している市内有数の旧家の出身である。

もっとも、エリーのように家を継ぐ人間として期待されているようなこともなく、無責任かつ気楽なモラトリアムをラディカルに娯《たの》しみ尽くそうというポリシーのもと、〈ボトムレス・ピット〉のような店にも好き好んで出入りしているのだった。

本城恵梨依との面識こそなかったが、幾度かニアミスする機会はあった。

彼女は、諏訪原《すわはら》市の繁華街でナイトクラブを経営している謎の少女の正体が誰であるかについて、あれこれ詮索するまでもなくごく自然に気付いてしまった数少ない人間であり、その後紆余《うよ》曲折《きよくせつ》を経てエリー専属の情報屋のような立場に収まっていた。

この日も、チャコはクラブではなく〈事務所〉のほうを訪れ――来客があるということで、司狼《しろう》にはクラブのほうに寝泊まりさせていた――数日前にエリーから調査を依頼された案件について報告していたのである。


「ひのふのみのよ……今何時《なんどき》だい？」

「それ、突っ込む側が逆よ」

「エリーさんはノリがよくてあたしゃ嬉しいよ……よし、しめて八万円分、今回の調査費も確かに領収いたしました。まいどありー」

チャコはいつも、調査報酬《ほうしゆう》をギフトカードの形で受け取っていた。こうしたギフトカードを金券ショップに持ち込むと、大抵四%ほどの手数料で換金が可能なのだ。

図書カードや商品券のやりとりは課税対象にならないので、個人間ないしは多少うしろめたい取引の報酬支払に、伝統的に使われてきた方法なのである。

「で、今夜すぐにも出かけるって口ぶりだったけど、大丈夫なの？　例のクスリの件なら、何人か腕っぷしの立つ奴らを連れてったほうがいいんじゃないかな。おおかみクンとかさ」

「急がなきゃいけないみたいだし……それに、この件はちょっとワケアリでね。いずれ、クラブのみんなにも協力してもらうことがあるかもだけど、今はまだ大っぴらにしたくないの」

「んー、そういうことなら……」

言葉の上では引き下がってくれた。

とはいえ、まだ多少の不満があるらしく、ちらちらとこちらの顔を窺《うかが》ってくる。

エリーの側にも、事情というものがあった。

綾瀬《あやせ》孝造《こうぞう》という人物が遊佐《ゆさ》司狼と浅からぬ縁を持つ人間であることについては、流石《さすが》のチャコも把握《はあく》していないはずだった。

まして、司狼が自らの手で殺害した人物であるなどと、教えられるわけがない。

正直なところ、協力者は欲しかった。

司狼を連れていくのが一番いいのだろうけれど、この件が引っかかりになっているらしい彼を巻き込むのは気が引けた。

誰か、頼れることのできる人間が他にいないだろうか。

信頼できるのは当然として、できれば遊佐司狼の事情をよく知っている、別の誰か。
たとえば――

そんなことを考えながら、エリーはチャコが持参したプリントアウトの束に目を落とす。

現在、半ば廃墟《はいきょ》と化している諏訪原遺伝工学研究センターにまつわる調査資料である。

正規の手続きを経て資料請求をできるならばそれに越したことはなかったが、生憎《あいにく》と施設の経営母体であった株式会社諏訪原遺伝工学研究センターは、閉鎖と同じ年に事実上業務を停止したらしく、登記簿上の電話番号にかけてみても、誰も応答しないようだ。

そもそもの話、〈ディープ・パープル〉との関連が疑われる現状、代理人を経由するにせよこの論文について問い合わせるのは大きなリスクが発生する。

となれば、残された方法は法的に大いに怪しい実力行使――潜入ということになるのだが、いかに廃墟とはいっても、やみくもに足を踏み入れて警察沙汰になっては元も子もない。

存在するということは、どこかに記録《ログ》を残すということだ。

目に見える形で土地や建造物が今、そこにある限り、現在の所有者の特定はもちろん、いかなる組織がそこに関わっているのかを調べることは、さほど難しいことではない。

閉鎖に至る経緯はどのようなものだったか。

経営母体であった企業の現状は。

現在、施設を管理しているのはその企業なのか、それとも別の組織なのか。

警備は行われているのか。

行われているのであれば、どこの警備会社が担当しているのか――

彼女が依頼したのはそうした情報の洗い出しであり、チャコはわずか数日で、彼女の期待に十分過ぎるほど応えてくれたのだった。


最低限、確認しておきたかった事前情報はだいたい出揃った。

諏訪原遺伝工学研究センター――正確に言えばその跡地は現在、諏訪原市ではなく、設立時の出資元の一つである財団法人諏訪原市医療事業新興協会の管理下にあるようだった。

ただし、管理下にあるといっても書類上のことで、現在、この施設を取り巻いている鉄条網の敷設工事以降は、人間や資金が動いた形跡はほとんどない。

市内の警備会社との契約を結んでいるようだが、部外者が許可なしで屋内に立ち入らないよう数カ所の扉にコード認証のロックを設置している程度の低レベルセキュリティのみで、外部から確認できた範囲では監視カメラのようなものが設置されている様子はない。

電力メーターが今でも動き続けているのは、このセキュリティ関係なのかもしれないが、それにしては消費量が多いようなので、何かしらの設備が今でも動き続けているのかもしれない――チャコは、そんなところまで調べあげてくれていた。

大人数で入り込み、施設内に残っているであろう機材類を転売目的でごっそり運び出すような、大がかりな窃盗を働くのとはわけが違う。

この程度のセキュリティであれば、単身中に入り込んで書類を一つ二つ持ちだすくらいのことは、それほど難しいことではないように思われた。

その上で、彼女がすぐにも侵入することに決めたのは、チャコが図書館でコピーをとってきた、先月刊行された医療業界誌の記事が原因である。


「旧・諏訪原遺伝工学研究センターの解体が決定」


その記事によれば、解体工事が始まるのは年明けすぐとなっていた。

何しろ、バイオセーフティーレベル４――Ｐ４実験施設である。

仮に施設内に資料が丸ごと残存していたにせよ、外部への運び出しがいつ始まってもおかしくない、ひょっとするともうすでに――という、まさにギリギリのタイミングだったのだ。

*

つい数カ月前、集団で走ったのと同じ湾岸道路を、今夜はただ一人オートバイを走らせる。

いや、正確に言えば一人ではなかったのだけれど。

エリーの愛車は、水冷ストロークエンジンを搭載したスズキのＴＶ２００Ｎ――「ウルフ」の通称で知られる中型のネイキッドスポーツ車である。

発売されたのは一九九〇年代の頭と少しばかり古いモデルなのだが、大部分がサードパーティ製を含めた新品のパーツに換装された、まっさらな新車に近いコンディションだった。

彼女自身にこだわりがあったわけではなく、クラブの常連客でもある馴染《なじ》みの整備工に勧められるままに購入したオートバイだったが、それなりに気に入っていた。

そして今、彼女の愛車の後部座席にはもう一人、同乗者がいた。

「急に来てもらって悪かったわね。もうすぐ着くと思うから、座り心地が悪いと思うけど、あとちょっとだけ我慢してちょうだい」

「驚きましたけど、事情が事情ですし……タンデムには慣れてますから、大丈夫です」

エンジンの震動と風の音で、後部座席に届くかどうかはわからなかったが、意外にもはっきりと答えが返された。

あの夜、ある意味で運命的な出会いを果たした遊佐司狼の言葉が、再び自分を同じ場所へと向かわせようとしている。

何とも奇妙な因縁だと思う。

まるで、見知らぬ誰かの書いた筋書きどおりに、動かされてでもいるような――


一路、目的地へと向かいながら、エリーはいくぶん居心地の悪さのようなものを感じていた。

車通りの少ないドライブウェイを走ること数十分。

少し手前のところで枝道に入り込み、ジャッキーが「ジャングルみてえな林」と表現した、草木が生い茂る前庭を横目に研究センターの裏手へ向かう。

施設の見取り図によれば、そこに駐車場があるはずだった。

車通りの少ない夜中だからといって、湾岸道路から見える位置にバイクを駐車するというわけにもいかない。巡回パトロール中の警察車両に見咎められるなどの、不慮の事態が発生する可能性があるからだ。

このあたりはすでに、敷地内の私道なのだろう。

周囲には他の施設が存在しておらず、道路灯も電力供給を切られているので、バイクのヘッドライトとガードレールに取り付けられた反射板だけが光源となっていた。

幸い、バリケードで道が遮られているようなこともなく、駐車場に辿りつくことができた。

駐車場に面した職員用の通用口ではなく、そこから十数メートルほど離れた位置にある非常口の前にバイクを停める。

目的の資料室に行くには、こちらから入りこんだほうが近道なのだ。

「さてと、ここからよね……」

ヘルメットをはずし、眼前に聳《そび》える黒々とした建物に向き合った。

同行者も、彼女に倣《なら》ってヘルメットをはずす。

現れたのは、彼女と同年代の若い男の顔。

目鼻立ちが整った、「美形」というよりも「綺麗《きれい》」と形容するのがふさわしい中性的な面差しの少年である。

街を歩けばいやでも人目を引くように思えるが、何だろう――

存在感を意識的に抑え、目立たないようにしている、とでも言えばいいのだろうか。

妙に気配が薄く、印象に残らない。

そんな、ちぐはぐな感じを与えるのだった。


「電子ロックみたいですけど、どうやって中に入るんです？」

「任せて。あそこが使ってる電子ロックなら……うん、やっぱりこれね。だったら」

エリーは、腰にくくりつけたポーチの中からタバコの箱ほどの黒く小さな箱を取り出すと、押しボタン式の押しボタン式の錠前の上にそれを押しあて、スイッチをＯＮにする。

キュイーンという電子音が響いたと思うと、電子ロックの液晶に六ケタの数字が表示され、続いてガチャリと音がした。

ドアのロックが開いたのである。

「東南アジアで出回っていた、汎用の解錠装置よ。予算をケチるとこういうことになるって見本。まあ、最近のやつにはもう通用しないんだけどね、古いタイプだって聞いてたから」

「驚いたな……」

少年の声には、呆れたような響きがあった。

無理もない話である。

ただの女子高生が持ち歩いていていいガジェットではないことは確かだ。

エリーは、扉が開くことを確かめると、持参したドアストッパーを扉の下に挟み込み、勝手に閉まらないように固定した。

「このタイプのやつはね、セキュリティを切っている、いないにかかわらず、ドアが二時間以上開きっぱなしになっていることが検知されたら、警備会社に連絡が行くの。探しものに使える時間はそんなに長くはないわ……じゃ、心の準備はいいかしら――」

そう言うと、エリーは悪戯《いたずら》っぽい笑いを浮かべて少年の顔を覗き込んだ。

「――藤井《ふじい》、蓮《れん》君？」

＊

暗闇に鎖《とざ》された長い廊下《ろうか》に、二人分の足音が規則正しく響いていた。

懐中電灯の明かりに照らし出される壁はどこもかしこも純白で、骨の白さを連想させる。

顔を撫でていくのは、医療施設特有の白い空気《くうき》――

建物の中の空気が重苦しい澱《よど》みのようなものを孕《はら》み、のしかかってくるように思えるのは、年単位で換気されていなかったことばかりではなさそうだった。

エリーの実家である総合病院も含め、医療系、理工学系の施設は、伝統的に白を基調とした内装を施されていることが多い。

白という色は、清潔感の象徴であるからだ。

医療や理工学系の仕事に携わる人間が、白衣を着用しているのも同じ理由だろう。

だが、白は冷たさや死といった、負のイメージを連想させる色でもある。

のみならず、見る者の意識を、汚れたくない、あるいは汚したくないという方向へと誘導し、緊張感や威圧感を与える色だとも言われている。


白、白、白。

どこまでも続く白い壁。

医療というのは、人間社会の営みの中でもとりわけ人の生死に直接的に関わってくる——ある意味で死に近い学問であり、技術である。

ましてや生命の形質に直接介入し、人の手でそれを制御しようとする遺伝子工学の研究施設ともなれば、どこまでも続く白い空間こそが、そのありように相応《ふさわ》しいのかもしれない。

そんなことを考えながら、エリーは傍らを歩く少年の姿を横目で窺った。

綺麗に均整のとれたその横顔は、工業生産されたセルロイドの人形を思わせて、どこか造り物めいていた。


藤井蓮。

私立月乃《つきの》澤《さわ》学園の二年生。

遊佐司狼のクラスメイトであると同時に長年の幼馴染みでもあり、彼が瀕死《ひんし》の重傷を負って

病院に運ばれる原因となった大喧嘩《おおげんか》の相手でもある。

最初に接触してきたのは、彼のほうだった。

行方不明の司狼が、彼女と一緒にいるところを見たという話を誰かから聞かされたらしく、その情報のみを頼りに独力で彼女に辿りついたというから恐れ入る。

脱走幇助《ほうじょ》のうしろめたさから、エリーはしばらく病院の周囲には近寄らないようにしていたのだが、その間に彼のほうも退院していたらしい。

司狼の病室などを確認した時、同時に担ぎ込まれたもう一人のほうも驚異的な回復力を見せていることを書類上で目にしてはいたが、現に彼女の眼の前で司狼がすっかり完治していたので、あまりに短い入院期間に疑問を抱かなかったのだ。

偶然、満身創痍《そうい》の状態で街を彷徨《さまよ》っていた司狼に遭遇《そうぐう》したエリーは、思うところあって帰るつもりがないという彼を、知り合いの家に匿《かくま》ってもらっている。

蓮に対しては、そういう設定にしてあった。


その後も、彼とは喫茶店などで顔を合わせ、司狼について情報交換をする間柄になっていた。

そして、司狼にはそのことを黙っていた。

蓮のほうで、司狼に連絡を取りたいといったような素振りをまったく見せなかったことも大きいが、何とも説明のつかない引っかかりを覚えていたのである。

飄々《ひょうひょう》として摑《つか》みどころがなく、覇気《はき》というものを感じさせない藤井蓮という少年は本来、エリーが興味を惹かれるタイプには程遠い存在だった。

面と向かって話をしている間にも、その視線はエリーの顔を通り抜け、どこか別のところに向けられているようで——あらかじめ用意されていた台本を読みあげているような、そんな感覚に捉われることも一度や二度ではなかった。

にも関わらず、エリーは初めて会ったその時から、彼のことを〈信用に値する人間〉だと無条件に受け入れてしまっているようだった。

そして、ちょっとした冒険行に出かけるにあたり、司狼以外の協力者が欲しい——そう考えた時、真っ先に思い浮かんだのが彼の顔だったのである。


「ある施設に、あなたもよく知っている綾瀬教授の論文を探しに行きたいの。ちょっと危ない橋を渡ることになるんだけど、手伝ってくれないかしら」


そういうショートメールを送ると、すぐに返信が来た。

「綾瀬教授」が効いたのだろう。

何度か会って話したとはいえ、共通の知り合いがいるというだけの相手になぜ、そんな頼みごとをしようと思いついたのか。

何から何まで不自然で、まったく説明のつかない心の動きだった。

だけど、現にこうして蓮は彼女の唐突かつ無茶な頼みごとを快諾《かいだく》し、彼女に同行して深夜の諏訪原遺伝工学研究センターにやってきていたのである。

＊

資料室の扉は、施錠されていなかった。

長らく人の出入りがなかったようで、室内に足を踏み入れると床に堆積《たいせき》した埃《ほこり》が舞い上がり、懐中電灯の明かりの中で煙のように蠢《うごめ》いている。

列をなしてずらりと並ぶ扉つきのスチール棚には、空きがある様子はない。

どうやら外部に持ち出されることなく、手つかずの状態で放置されていたらしい。

この中からただ一冊の論文を見つけ出すのは至難の業のように思えるが、幸いにして登録のあった論文データベースには、配架情報も掲載されていた。

最終更新日付は、施設閉鎖の少し前。

管理体制がしっかりしていたのであれば、きっと今もそこにあるはず——

「毒蜘蛛《どくぐも》の論文、でしたっけ。いかにも、あの人が好きそうなテーマですけど、エリーさんはどうしてそんなものを探しに？」

本名を含む素性のことはまだ、彼には知られていない。

教えるつもりも特にない。

彼にとってのエリーは、夜の諏訪原を特別、目的もなくうろついている素行不良の少年少女たちの一人――まあ、そんなところだろう。

「その前に一つ、いいかしら。一応、育ての親だったって聞いてるんだけど、他人行儀な呼び方をするのね」

「……綾瀬のおばさんにはずいぶんとお世話になって、今でも感謝しています。だけど、あの人については、あまりいい思い出がありませんので」

少年の返答は淡々としてはいたが、どこか酷薄な響きがあった。

綾瀬教授――綾瀬孝造の死にまつわる経緯について、彼女がその当事者から〈真相〉を明かされていることを、蓮には伏せていた。

それはそうだろう。

司狼から断片的に聞かされた話が事実なのであれば、殺害現場にはこの少年自身も居合わせていたはずなのだ。

おそらく藤井蓮は、親権者である綾瀬教授から虐待《ぎやくたい》を受けていたのだろう。

何らかの事情でそのことを知った知った司狼が、友人に危害を加える教授を発作的に殺害し、幼い二人は口裏を合わせてその事実を隠匿《いんとく》した――

想像でしかなかったが、エリーには強い確信があった。

「さっきの質問に答えるわね。藤井君は、〈ディープ・パープル〉って聞いたことがある？」

「……聞いたことがありませんね。何です、それは」

「最近、市内の中高生の間に広まっている、安価な脱法ドラッグよ。頭が良くなるとか、身体能力が向上するとかいったありがちな売り文句で……実際、そういう効果があるってことで掲示板なんかでも話題になっているんだけど、もう一つ、ヘンな噂《うわさ》があるの」

「噂、ですか？」

それは、昨年の終わり頃――〈ディープ・パープル〉の出現と同時期に、学園裏サイトやSNSで話題になりはじめた、奇妙な怪談話である。

「この薬を服用した状態で眠った人間はみんな、同じ夢を見るって話」

*

私自身が見たわけじゃなくて、あくまでも伝聞なんだけどね――

そう前置きして、エリーは話し始めた。

仮に、報告者の名前をA君としておくね。

夜、自室で眠りについたはずのA君は、気がつくと自分が外国――たぶん、ヨーロッパのどこかの国のアパートか何かの部屋にいるの。

その部屋には大きな窓があるんだけど、窓の外を見ると道を挟んで別の建物があって、そちらの窓を通して向かい合わせの位置にある部屋の中が見える。

「そして、部屋の中に何かがいた……？」


そうじゃないと、怪談にはならないわよね。

向こう側の部屋の中にいるのは、一人の女性。

艶《つや》のある黒々とした髪を腰の下まで伸ばして、ほっそりした身体のラインにぴたりと寄り添う黒いイブニングドレスをまとった、もの凄く綺麗な女の人。

黒衣婦人って呼ばれることが多いみたい。


「黒衣婦人……」


そういうタイトルのミステリ小説があったわよね。

知らない？　まあ、別に大した意味はないわ。

部屋から外に出ようとしても扉が開かなかったり、そもそも扉そのものが見つからなかったりして、うまくいかない。夢にありがちな話よね。

仕方なく、A君は女性に呼びかけて助けを求めようとするんだけど、その時になって彼は初めて気づくの。

A君が窓から身を乗り出すと、その女性も同じようにする。

A君が手を振ると、その女性もやっぱり同じようにする。

鸚鵡《おうむ》返し、というよりも合わせ鏡なのかな？

それに気づいたA君は、試しに窓のところでいろいろなポーズをとってみるんだけど、やっぱり女性も同じ動きをする。

そんなことをしている内に、A君は目を醒《さ》ます。

「え、それだけですか？」

そう、それだけ。

誰かが死んだり、恐ろしい怪物が現れたりするわけじゃない。

女性の顔をよくよく眺めると、普通の人間よりも少し黒目の部分が大きいように見えたり、心なしか歯が尖っているような気がしたりする……そういうちょっと不気味な感じはあるんだけど、全体的には無害で、他愛のない夢。

少なくとも、最初の夜はそう。

だけどね、この夢は繰り返すの。

まったく同じ内容の夢が二晩、三晩とね。

そしてある時、A君は突然気がつくの。

彼女が、彼の動きのとおりに動いているんじゃない。

彼のほうこそが、彼女の動きをトレースしている。

操られているのは彼女ではなく、自分なんだって。

*

ギギイ――と、耳障りな金属音が薄闇の中で響いた。
スチール棚の扉が立てた音である。

「こんな夢を見たっていうだけの、友達同士の身内話だったんだけどね。その内、ほとんど同じ夢を見たっていう人が何人も現れた。学年も学校も違う、共通の友達がいるかどうかも怪しい人間が、ある時期から同じ夢を見始めたの……うん、やっぱりここだわ」


話している内に、ようやく目当ての棚に辿り着いたようだった。

収蔵物に貼り付けられている背のラベルからして、綾瀬教授がかつて主任研究員を務めていた第17研究室に関係する資料が、このあたりにまとまっているようだった。

教授が亡くなったのは研究センター閉鎖よりもはるか以前で、第17研究室そのものはその死後も担当者を換え、継続されている。

その代替わりのタイミングで、資料室にまとめて移されたのかもしれない。

「とりあえず、このまま確認するよりも、どこかに積み上げて確認するのが早そうね」

「近くにテーブルとかは……ありませんね」

「ちょっと汚れちゃうけど、床でやればいいか。藤井君、手伝って」

エリーは、スチール棚の中に詰め込まれている学術書や雑誌、ノートや書類フォルダなどの束を取り出して、傍らの蓮に渡した。

「私が取り出すから、そのへんの床に積み上げてちょうだい。手早く分類しちゃいましょ。探し物するなら、そのほうが早く済むわ」

目的の論文は単体なのか、それともフランクフルト大学医学部が刊行した研究紀要――大学などの研究機関が定期的に刊行している学術雑誌か何かなのか、データベース上の登録情報からは、そこまでのことはわからない。

探索には、まだ少し時間がかかりそうだった。


「最初はみんなバラバラだったんだけど、最初の書き込みから半月も経つ頃には、似たような夢を見たと言っている人間が何人もいることに気づく人が現れてね。その夢を見たって言っている人間がみんな、脱法ドラッグに手を出してるってことが本人や周囲の人間の発言から判明したのは、そのあとすぐ」

懐中電灯に照らし出された床の上で、ひっきりなしに手を動かしながら、エリーは先ほどの話を続けていた。

「それが、〈ディープ・パープル〉？」

「そういうこと。私が興味を持ったのは、そのあたりから。伝手を使っていろいろと調べてみたんだけど、製造元や流通経路がわからないのはもちろん、売人の写真すら撮影できないありさまでね。主成分についても、ごく微量の覚醒剤《かくせいざい》と、あと生物由来の——たぶん、ある種の蜘蛛の毒が使われていることがわかったくらい」

「なるほど。それで、この論文を」

「そういうこと。見つけたのは偶然だったんだけど、書いたのは知り合いの関係者だっていうじゃない？　関連性があるかどうかはわからないけど、確認する価値はあるって思ったわけ」

半分本当で、半分嘘だった。

調査には、それなりの時間と費用をかけてきた。だけど、判明したことといえばその程度のことで、他にできたのはドラッグに手を出そうとした数十人ほどを押しとどめただけ。

正直なところ、行き詰まりを感じていた。

この論文だって、「ゴケグモ」と「精神感応」というワードが〈ディープ・パープル〉と共通しているだけ。何年も前に亡くなった医学者と、最近出回っている脱法ドラッグの間に関係があるなどと、心の底から信じているわけではなかった。

ただ、それは遊佐司狼という存在を媒介して浮かび上がった、本来、辿りつくはずのなかった手がかり。神が戯《たわむ》れに下界へと垂らした、蜘蛛の糸のようなものだった。

きっと、そこには何か意味がある。

何の根拠もなく、いわば女の勘だけでエリーは今夜、この場所に一点賭《が》けしたのである。

「エリーさんは……」

藤井蓮が、口を開いたのはその時だった。

「え？」

「エリーさんは何で、そこまでしてこんな話に首を突っ込んでいるんですか？」

ストレートな質問が、彼女の虚を衝いた。

「話を聞いている感じ、身近な誰かがこのドラッグで身体《からだ》を悪くしたとか、そういうことじゃないですよね。社会正義のためとかでもなさそうですし、好奇心を満たしたいとかシンプルな話でもなさそうだ。なら、あなたがこのドラッグを調べている理由は何です？　何のために、こんなことをしてるんです？」


それは、エリー自身がこれまでに幾度も自分に問いかけてきたことである。

だからこの時は、すぐに答えを返すことができた。

「藤井君。諏訪原市の人口を知ってる？」

「……え？」

予想外の答えに、蓮の反応が鈍る。

「答えて」

「たしか、八〇万人くらいだったと思いますけど」

「そう、正確には八〇万四三五七人。これはね、今年頭の調査に基づく役所の公式発表なんだけど、この一〇年近く、諏訪原市の人口はまったく同じ。増減していないのよ、ずっとね」

少年の整った顔に、驚きの表情が浮かぶ。

「ありえないと思った？　そう、ありえない。新しく生まれる子供たちもいれば、いろいろな理由で亡くなる人たちがいる。引っ越していく人もいれば、引っ越してくる人たちもいる。その上で、まったく同じ人口を維持し続けているのだとしたら、それは誰かがそうなるように、意図的に調整しているってこと」

この街は、どこかおかしい。

何か、重大な秘密が隠されている。

そして、彼女の実家もそのことに決して無関係ではない。

漠然とした不安ではなく、はっきりとした確信。

彼女がそれを強く認識したのは、今でもはっきりと思い出すことのできるクリスマスの夜、中心街の片隅で目にした光景がきっかけだった。

そして、すべてを話してくれたわけではなかったが、祖父もまたそのことを肯定していた。

「人口のことだけじゃないわ。首都圏との交通の便がいいわけでもなく、特別、立地に恵まれているわけでもない諏訪原市が、どうしてここまで発展することができたのか。外部から入り込んできた反社会的な勢力はどうして、速やかに排除されてしまうのか。並べ立てていくとキリがないくらい、おかしなことばかりが起きている」

あの時もそうだった。

あの夜、あの場所で間違いなく何か大きな事件が起きたのだ。

にもかかわらず、新聞やテレビは各地のクリスマスの様子を報道するばかり。

きっと、これは氷山の一角。

日本の国民の、諏訪原市の住民の――そして、彼女のあずかり知らないところで、数多くの事件が闇に葬《ほうむ》り去られ、なかったことにされている。

「私が我慢ならないのは、そういうことよ。だから調べるし、関わるの。私の目の届く範囲で起きている、おかしな出来事にはどんなことでもね」

本城家も決して無関係ではない、大きな秘密。

にも関わらず自分はその当事者ではなく、つまはじきにされているという強い疎外《そがいかん》感。

それこそが、エリーを行動に駆り立てる理由なのだった。


すべてを口にし、頭が冷えてくる。

そうなると、途端に浮かびあがってくるのは後悔の念だ。

少し、しゃべり過ぎてしまったのではないだろうか。

司狼にすらまだすべてを話していない、彼女の本心をあらかたぶちまけてしまった。

そもそも、彼女はどうしてこの少年を、こんなにも信頼しきっているのだろう？

彼女の傍らにいる少年は、彼女がパートナーに見込んだ遊佐司狼の友人であるかもしれないけれど、司狼本人ではないのに。

疑問と逡巡《しゅんじゅん》に続いて、恥ずかしさすらがこみあげてくる。

少年の顔を正視することができない。

気まずさを誤魔化《ごまか》そうと、資料探しを再開しようとして——手が止まる。

"Fur Telepathie Aktion in Latrodectus Clarimondi
Kouzo Ayase"

ワードプロセッサで打ち出された四、五〇枚ほどのプリントアウトを、紐と紙テープで簡易製本した冊子のようだった。

表紙の右上には校名と、正面を見据える人物の姿をあしらった印鑑が捺《お》されている。

フランクフルト大学のシンボルであり、校名にもその名が含まれている近世ドイツの政治家、科学者にして文学者、ヨハン・ヴォルフガング・フォン・ゲーテの肖像である。

間違いなく、探していた論文のようだった。

「見つけた」

エリーは懐中電灯を口に咥《くわ》え、手早く中身を確認した。

細かい活字で印刷された文章はすべてドイツ語のようだった。

日常会話をこなし、医療専門用語についてはある程度知悉《ちしつ》している彼女だが、辞書もなしで生物分野の学術論文を読むのは流石に難しい。

それに、だ。すっかり忘れてしまっていたが、彼女たちは今、不法侵入者なのだった。

ここでの用事は完了した。床に積み上げた資料を大急ぎで元に戻し、すぐにここから立ち去らないと……


そう考えた瞬間だった。

彼女の首筋に強い衝撃が走り、彼女の意識を揺さぶった。

瞬間的に熱せられた空気が立てる、連続的な破裂音。

次いで、周囲に立ちこめるオゾン臭。

過去に経験があったので、スタンガンを押しつけられたのだとすぐにわかった。

そして、この場にいたのは彼女以外にはもう一人しかいない。

藤井蓮。

彼の仕業だということになる。


〈あっちゃあ、しまったなあ……〉

ド素人でもあるまいし、違和感を感じた時にもっと警戒しておくべきだった。

片膝をついた姿勢からゆっくりと身体が傾いていくのを感じながら、エリーはぼんやりとそんなことを考えていた。

最後に司狼の顔を思い浮かべて、エリーは意識を手放した。

第六幕

シャンバラを覆う影

Schatten über Śambhala

Kampfen ist meine Sache nicht.
Ich verlang' auch im
Grunde gar keine Weisheit.
Ich bin so ein Natursmensch,
der sich mit Schlaf,
Speise und Trank begnugt und
wenn es ja seyn konnte,
das ich mir einmahl ein
schones Weibchen fange.

戦いだなんて、おいらのガラじゃござんせん。
知恵だっているもんか。
おいらは睡眠と食べ物、飲み物さえありゃ
事足りる野生児でね。
きれいな女の子がいりゃ、なお満足さ

――E・シカネーダー、W・A・モーツァルト
「魔笛」より

シャンバラ。

それは、インド密教の教典『時輪《カーラチヤクラ》タントラ』などに言及される、神話的な都市の名だ。

未来仏たる弥勒菩薩《みろくぼさつ》が統治する理想都市。

世界を戦乱が覆い、貪欲《どんよく》なる者たちの罪業が積み重ねられた時、シャンバラから第二五代の王《カルキ》が率いる大軍勢が出撃、地上から闇の勢力を駆逐《くちく》する――そういう伝説だ。

西洋においては、神秘的な楽園を意味する言葉であり、二〇世紀前半にとある英国人作家が著した小説の影響で、英語圏では〈シャングリ＝ラ〉と呼ばれることもある。

そして今、この諏訪原《すわはら》市をシャンバラと呼び、その影に潜んで暗躍する一群の者たちがいる。

聖槍《せいそう》十三騎士団。

半世紀前、欧州を蹂躙《じゅうりん》した鉤十字の悪魔たちの残滓《ざんし》。

化学と魔術によって超常の力を身につけた一三人の魔人と、血縁や利害で結ばれた無数の支援者たちで構成された、正真正銘の秘密結社だ。

戦後、六〇年以上にわたる長い年月を費やし、彼らは黄金練成と呼ばれる大儀式を実行すべく、深く静かに、しかし営々と準備を重ねてきた。

東方のシャンバラ——諏訪原市は、その目的のみに建設された実験場。

いつの日にか収穫されることを前提とした、人工の果樹園のようなものだった。

数え切れぬほどの陰謀と策略が、数一〇年の歳月を通してうず高く積み上げられた。

どこかの誰かの得体の知れぬ目的のために、数万人——いや、数一〇万人ではきかない住民たちが人知れず消費され、どこからともなく補充された。

すべては、計画のために。

すべては、大いなる目的のために。

そして、怒りの日が刻一刻と迫りくる中、半世紀以上にわたって織りなされてきた因果の糸のすべてが影横たわる東方の涅《くろ》きシャンバラに結縁していく中で、凄愴《せいそう》なる楽劇《ジングシュピール》の主題《テーマ》からこぼれおちた——あるいは合流し損ねた小劇《ドラマ》が、いくつも演じられていた。

この事件もまた、泡沫《うたかた》の如き小劇《ドラマ》の一つである。

*

どのくらいの時間が経過したのかはわからない。

少なくとも意識を喪《うしな》ったのと同様、覚醒《かくせい》は速やかだった。

そして、エリーが目を覚ますと、司狼《しろう》の顔が文字どおりの意味で目と鼻の先にあった。

「……え？」

「ンだよ、起きちまったか」

「え？　司狼？　どうして？」

「はたいても揺すっても目を覚ましゃしねえから、いっそキスでもしてみようかって心を決めたばっかだったのによ」

その皮肉っぽい目つき、どこか芝居がかったように聞こえる声。

夢でも幻でもない。

間違いなく遊佐《ゆさ》司狼だ。

おかしい、前後のシーンが繋がっていない。

私は遺伝子工学研究センターの資料室に潜り込んで、探していた論文を見つけ出して、それから同行していた藤井《ふじい》蓮《れん》にスタンガンを押しつけられて――

「ハハ、すげえ百面相になってるぞお前。買ったばかりの林檎《りんご》を齧《かじ》って、次の瞬間、見知らぬ男に口塞がれてた白雪姫って実際、どんな気分だったんだろな」

司狼の軽口は半分も頭に入ってこなかったが、混乱のほうはようやく収まってきて、周囲の状況を把握する余裕ができた。

どうやら、オレンジ色の薄明りに照らし出された、剝《む》き出しのコンクリート壁に覆われた広い空間にいるらしい。

目をこらすと、複雑に組み合わされたパイプに連結された、ドラム缶大のような金属製容器が一ダースほど並んでいるようだった。

「何なの……これ？」

「百聞は一見に如《し》かずだ。お前が今、よりかかってる箱ン中、見てみ」

司狼の声に促され、エリーは首をうしろに向けた。

彼女の背後には、半透明のプラスチックケースが山積みにされていた。

そして、その中身にぎっしりと詰めこまれているのは――

「〈ディープ・パープル〉」

見覚えのある、銀色の袋。

「てことは、ここって……」

「例のドラッグの製造工場ってことだろな。立てるか？」

「う、うん」

司狼に手を引かれながら、身体《からだ》を起こす。

その時になって初めて、彼女は自分が下着とタンクトップ一枚きりの姿になっていることに気付いた。

「あれ、私のツナギは……まさかあんた……」

「俺じゃねえよ。俺が来た時、もうこうなって」

その言葉を言い終える前、司狼の右手が横薙《な》ぎに振るわれた。

「!?」

一瞬、自分が殴られるのかと錯覚して目をつぶる。

しかし、痛みが襲ってくることはなく、代わりに形容しがたい刺激臭が彼女の鼻をついた。

「……見つかっちまったみてえだな」

彼が振るったのは、拳《こぶし》ではなくナイフである。

刃渡り二〇センチメートルほどのククリナイフの湾曲した刀身が、黒々とした球状の何かを刺し貫いていた。

ハンドボールほどの大きさの黒い球体にはよく見ると毒々しいスミレ色の斑紋《はんもん》がついていて、そこから生えている黒い針金のようなものが数本、小刻みに震えている。

「……蜘蛛《くも》？」

「そういうこった」

司狼がナイフを一振りすると、球体は床の上でトマトのように潰《つぶ》れる。

それは、冗談のように巨大なサイズの、一匹の黒い蜘蛛だった。

＊

「ハリウッドの低予算モンスタームービーみたいになってきたじゃねえか。いいぜ、こういう刺激もたまには悪かねえな！」

「ねえ、結局のとこ、何がどうなってこうなってるのよ！」

曲がりくねったトンネルの中、疾走《しっそう》する司狼とエリーの声がわんわんと反響する。

それなりに修羅場は潜り抜けてきたつもりだったが、巨大な蜘蛛の大群に追いかけまわされるような経験は流石《さすが》になかった。

先ほど司狼が殺した一匹は、どうやら斥候《せっこう》だったようだ。

風に吹かれた草木のざわめきにも似た音がどんどん大きくなってきたかと思うと、黒々とした球体が次々と天井から落ちてきて――

「そろそろ、説明が欲しいとこなんだけど！」

横道に飛び込むのがもう少し遅かったなら、全身、蜘蛛まみれになっていたところだった。

「お前さ、一応保険かけてただろ？」

司狼は話しながらもナイフを振るい、人間の指ほどの太さがある糸を吐き出しながら敏捷《びんしょう》に跳ねまわる大蜘蛛を切り裂いた。

ある種の蜘蛛が吐き出す糸は、ワイヤーを越える強度を持つという。

厄介《やっかい》なのか、それとも幸いと言うべきか。

この蜘蛛の主目的は二人の逃亡者に直接襲いかかるのではなく、彼らの行く先に糸を張って選択肢を狭めていくことにあるようだった。

司狼の言う保険とは、エリーがライダースーツに仕込んでいた発信機のことだ。

夜の施設に忍び込み、文書を一冊盗み出すだけの簡単なミッションである。

正直なところ、危険があるとは考えていなかった。

だが、セキュリティ破りを前提とする以上、不慮の事態に備えておくのは当然であり、事実、それは起きたのだった。

エリーの単独行動ではあったが、実のところその動きは〈ボトムレス・ピット〉のほうで二重にモニタリングされていた。

そうするよう、チャコに言い含めてあった。

諏訪原《すわはら》遺伝子工学研究センターへの潜入から数一〇分が経過したところで、おそらくは物理的に破壊されたことにより彼女の携帯電話の位置信号が途絶え、発信機が予定外の動きを見せ始めたことにより、何かヤバいことが起きたのだとすぐに判明したのだろう。

「つまり、日頃の行いが良かったってことよね」

「スタンドプレイに走ったからだ、ちったあ懲《こ》りろ。こんな面白い話、俺抜きで進めようとするからこういうホラーなコトになんだよ、間抜け」

司狼は、そう言いながら足元の蜘蛛を壁目がけて蹴り飛ばした。

「で、ここどこなの？」

「例の廃墟から何キロか離れた山ん中だ。たぶん防空壕かなんかの跡だろうよ。バイト絡みでこのへんにはちょいと土地カンがあってな、すぐにピンときたわけ。でもって、颯爽《さっそう》と駆けつけてとっつかまってたお前を見つけ、担ぎあげて一目散……と、こうだ」

ああ、またか。

またなんだ。

エリーは走り続けながら、嘆息した。

どうやらまた、自分は肝心要の場面に立ち合うことができなかったらしい。

「……ありがと。ところで、私をここに連れてきた人間についてなんだけど」

「そこな、俺のほうでも訊きたいことがあったんだが」

折しもその時、狭いトンネルが終わり、二人は広い空間に走り出た。

あとさきを考えているヒマはなかった。

「扉だ！」

「わかってる！」

司狼とエリーは左右に分かれて大きなスライド式の扉に取りついた。

全身の体重をかけて扉を押すと、なおも中に入り込もうとした何匹かの蜘蛛が挟まれてぐちゃりと潰れるいやな感覚が伝わってきた。
五、六匹、締め出し損ねた大蜘蛛がいたが、ナイフを構えた司狼が手早く処理する。
扉の向こう側では、ボール大の何かがぶつかる音がしばらく聞こえていたが、やがてそのざわめきは波が引くように遠のいていく。

そこは、人の手がほとんど入っていない、天然の洞窟《どうくつ》を利用したホールのような場所だった。

一応、配電はされているようで、オレンジ色の微光を放つナトリウムランプが円形の壁をぐるりと取り囲むように設置されている。

ここも、さっき見たのと同様の設備なのだろうか。

何か、円筒形のものが並んでいるように見えたが、どれもこれも真っ白な膜のようなものに覆われて、それが何なのかはわからなかった。

その空間全体が、巨大な蜘蛛の巣と化していたのである。

たぶん、例の蜘蛛が造り出したものだろう。

そして——

「ま、本人に聞いたほうが早ぇな」

彼が目線を向けた先、空中に一人の少年が立っていた。

「ずいぶんと待たせてくれたじゃないか、司狼」

エリーを失神させ、この場所に連れてきたに違いない少年は、変わったことなど何も起きていないとでも言いたげな、変わらぬ薄笑いを浮かべていた。

*

「逃げられたとでも思ったかい？　残念ながら、見てのとおりここは袋小路だ。あんたたちが入ってきた扉以外に、人間が通り抜けられる出入り口なんかありはしない。あんたたちは、誘いこまれたんだよ。蜘蛛の巣の、奥深くにね。もっとも——」

そう言うと、少年はちらりと上方に目を向けた。

「つい興が乗って、全個体を追いかけっこに動員しちゃったんでね。連中が回り道してここまで戻ってくるまでには、結構、時間がかかりそうだな」

おそらく、高い位置に蜘蛛たちの出入りする別の開口部があるのだろう。

空中――いや、そうではない。

少年は、壁から壁へと渡された太い糸の上に立っていた。

あまりに非現実的な光景を前に、エリーは息を呑む。

「なら、あの蜘蛛は藤井君が？」

藤井君、という名前が彼女の名前から発せられた瞬間、司狼の眉根《まゆね》がわずかにひそめられたのにエリーは気づかなかった。

「〈荒絹片《クラリモンド》〉の副産物さ――あんたたちは〈ディープ・パープル〉と呼んでるみたいだけど、僕たちはこう呼んでいた。あれの原料になったムラサキマダラゴケグモは、蟻《あり》や蜂《はち》と同様、社会性を持って集団で動く珍しい種類の蜘蛛でね。互いに別の個体の神経系に割り込みをかけ、自分の手足同様に操ることができる」

つまり――

諏訪原市に正体不明のドラッグをばら撒いていた売人は他ならぬ藤井蓮で、売人を捕えようとする試みが悉く《ことごと》失敗したのは、こんな風に蜘蛛の糸を利用していたということ？

およそありえないことのように思えたが、判断材料はあった。

「ムラサキマダラゴケグモの毒液における精神感応作用について」――綾瀬教授の研究論文。

結局、論文そのものの内容を確認できないままだったが、彼の研究の行きつく果てがこれなのだとすれば――

エリーはめまぐるしく頭を回転させて、これまでに得た断片的な情報を組みたてた。

「でも、そんな都合のいい偶然なんて……」

探し求めていた回答の側が、わざわざ彼女を手繰り寄せたような展開だ。

これではまるで、司狼の言うような低予算モンスタームービーではないか。

その時、司狼が口を開いた。

「バカと何とかは高いとこが好きだっていうけどよ、そんな大道芸みてえなマネまでして、上から目線で見下してえのか？　あまり、いい趣味じゃねえぞ……ええと、誰かわかんねえけど、どっかで見たようなツラしたそこのお前」

「え……？」

エリーは、目を見張った。

司狼が何を言っているのか、一瞬よくわからなかった。

相手のほうも同様のようで、人形のように整った顔に胡乱《うろん》な表情が浮かび上がる。

「みっともなく逃げ回ってる間に頭でも打ったか？　それとも、縁切りした俺のことなんか忘れたとでも……」

「あーあーなるほどね、それが手前ェのアイデンティティってわけかよ」

司狼の言葉には、うんざりしたような響きがあった。

「そんなに蓮《あいつ》のフリがしてえなら、趣味のわりい蜘蛛だのなんだのはうっちゃって、もう少しフツーらしくしてみろってんだ。普通が一番、平凡な自分でいたい！ってぇのが何だかんだでヤツの個性なんだからよ。キャラがぶれ過ぎてんにもホドがあんだろ」

「どういうこと……？」

「ったく、最初からオレに一言いってりゃこんな面倒なことに……いやま、ここにこうして来てるわけだから、結果的にファインプレイだったわけか？　とりあえずお前の勘違いを一つ修正しとくが、こいつは藤井蓮じゃねえ。よく似ちゃいるが、真っ赤なニセモンだよ」

傲然《ごうぜん》と言い放つと、司狼はナイフを持つ腕を伸ばし、刃先をぴたりと相手に向けた。

一瞬遅れて、怯《ひる》んだような表情を浮かべる〈蓮〉。

「いやあ、よく勉強してんなお前。そりゃそうだ、お前があいつなら刃物を怖がらなきゃダメだもんな。だけど、どんなにマネしたってお前は藤井蓮じゃねえ。何しろあいつは……」

その瞬間、〈蓮〉の身体が空を飛び、司狼目がけて殺到した。

身体を一回転させ、斧《おの》のような蹴りを上方から浴びせる。

強烈な一撃を、司狼は両手を頭上で交差させて受けとめた。

「聞いちゃいねえのに、わざわざ定期的に連絡してくるお節介な先輩がいるんでな。蓮の奴は今この瞬間にも、病院でおねんねしてんだよ」

司狼の暴露を聞いても、〈蓮〉の攻撃は止まらない。

痺《しび》れた手からこぼれ落ちたナイフを蹴り飛ばし、そのまま猛然と殴りかかる。

一撃、二撃。

顔面に、脇腹に、鳩尾《みぞおち》に、〈蓮〉の拳が連続的に叩きこまれる。

司狼のほうも、やられっぱなしではない。

「……お、いいねいいねそのツラ。怒った顔もそっくりだわ。整形か？　それともクローン人間か？　ま、どっちでもいいけどな」

誘い込んだ相手の膝に突き蹴りを叩きこみ、よろめいたところに肘《ひじ》を落とす。

軽口で相手を挑発しながらも、本物の藤井蓮を相手にした時と同じように、一ミリたりとも手を抜かない。

「何を勘違いしているか知らないが、俺が、俺こそが本物の藤井蓮だ！　俺が病院に入院中だと？　だったら、ここにいる俺はいったい何だ！」

激痛に顔を歪めながら、自分こそが本物だと主張する。

「知るかよ、ストーカー野郎」

そんな〈蓮〉に司狼が向けた目には、憐《あわ》れみのような感情が含まれていた。

「お前が何者で、どんな理由で、どんな事情でここにいるのかは知らねえし、正直なとこ知りたくもねえ。どうせ、綾瀬《あやせ》のおっさんのロクでもねえ研究絡みなんだろ？　悪趣味にもほどがあらあな。今さらながら、殺《や》っちまって正解だったんじゃねえかって思えてくるぜ」

〈蓮〉が振り回してくる拳を掻い潜り、前方に突き出された顎先《あごさき》にアッパーカットを打ち込もうとして、逆に頭突きを叩きつけられる。

「っと！　試しに仕掛けてみたんだが、見事に喰らっちまった。コイツ、喧嘩《けんか》の時のクセまでまんま蓮のコピーだわ」

噴き出した鼻血を手首で拭い、司狼はファイティングポーズをとる。

「なあ、蓮もどき。オレがこの巣穴に入り込んだのは、おトモダチの蜘蛛に知らされてすぐにわかったんだろ？　そっから、オレがエリーの放り込まれてた穴蔵に辿《たど》り着くまで一時間弱。ずいぶんと時間がかかったと思わねえか？」

「だから、俺が藤井蓮だと言っている！」

「オレはな、あそこに行く途中で、お前のヤサを見つけたんだよ……何だよありゃあ、流石の俺も吐いちまうかと思ったぜ。オレが綾瀬のおっさんをぶっ刺した、あのけったくそわりい地下室にそっくりじゃねえか」


その忌《い》まわしい光景は、当時はまだ幼かった司狼の脳裏にくっきりとこびりついていて、今でも鮮やかに思い出すことができる。

腐敗したタンパク質やアミノ酸が放つ、アンモニアの匂い。

消毒薬に用いられていた、アルコールと塩素の匂い。

薬で眠る蓮が拘束されていた手術台。

棚の中に並べられた、気味の悪いホルマリン漬の標本。

そして、壁一面に貼り付けられた何一〇〇枚もの写真と、複数あるパソコンの液晶モニタ上で再生されている映像――共に、藤井蓮の姿を捉えたものだった。

記憶と唯一《ゆいいつ》違っていたのは、それが幼い頃のものではなく、ごく最近――本物の藤井蓮が諏訪原市に引っ越してきたあとに取得されたものだということ。

「あれを見た時、オレは決めたんだよ。手前ェは、過去の亡霊だ。お前の事情だの正体だのは、知ったこっちゃねえ。この場でキッチリとカタァつけてやるってな」

瞬間、司狼の全身から壮絶な殺気があたりに放たれた。

「お前を、この世から消してやる。跡形もなく、細胞のひとカケラも残さず、だ」

その部屋のことは、〈蓮〉にとってのアキレスの踵《かかと》だったのだろう。

彼はカッと目を見開くと、空中へと駆け上がった。

このままではラチが開かないという思いが、ここまでの戦いですっかり頭の外に追いやっていた、蜘蛛の糸を利用するという考えに結びついた。

結果として、その判断が仇となった。

遊佐司狼と本物の藤井蓮は、喧嘩ではまったくの互角。

八割方回復したとはいえ、司狼の身体には一カ月前に負った重傷の影響が未だ残っている。

蓮の動作を完全にコピーできているのであれば、いずれ圧倒することもできたかもしれない。

「ヘッ、そうくるのを……」

司狼は不敵に笑うと、半ば直感だけを頼りに同じく蜘蛛の糸を駆け上がった。

「待ってたぜ！」

「……！」

そのまま、糸の弾性を反動にして空中に飛びあがり、〈蓮〉の足をぐっと掴む。

「何、鳩《はと》が豆鉄砲喰らったようなツラァしてやがんだよ」

そのまま、足を抱え込むようにして床へと身体を躍らせる。

「お前の体重乗っけて平気なら、俺にだってやれるのが物の道理ってもんだろ？」

体勢を整え、受け身を取れるような余地はなかった。

あらゆる技巧を無意味にする、五メートルほどの落差から生じる重力という名の武器が、両者の身体に等しくダメージを与える。

「ぐうっ……」

床の上でうめき声をあげる〈蓮〉。

対する司狼は――

「ふうっ、やれやれ、ヒビくらいは入っちまったかもしれねえな」

落下した時に打ちつけたのか、赤黒くなった肘にふうふうと息を吹きつけながら、何食わぬ顔で立ちあがっていた。

「生憎と、痛みを感じない体質なんでね。動きはちょっと鈍るかもしれねえが……」

捨て身の攻撃と思われた落下は、狙い澄ました痛撃だったのだ。

司狼は、想像する。

たぶんこの〈藤井蓮〉――よほど近しかった人間でもなければまんまと騙《だま》されてしまうかもしれない、そっくりそのままの姿に拵《こしら》えられた人間は、何一〇、何一〇〇時間もの間、藤井蓮の姿を眺め、藤井蓮の声を聞く内に、その動作や話し方をトレースする内に、ついには自らを本物の藤井蓮だと思いこむまでに至ったのだ。

だが、これを仕組んだ人間は、どうしようもないバカか、よほどの狂人に違いない。

本物の藤井蓮はドラッグの密造人ではないし、蜘蛛と精神感応するようなけったいな能力は――たぶんだが、持っちゃいない。

破綻《はたん》が生じないはずがない。

現実の藤井蓮が入院という状態で可視範囲から隔離されたことにより、こいつの中で何かのスイッチが入ったのだろうか。

あるいは――

ぐるぐると考えを巡らせたあと、司狼はそのすべてを頭から振り払った。

所詮は、何から何までただの想像だ。

裏の事情など知ったことか。

*

こうして顔を合わせ、拳を交える内に、好奇心や探究心よりもさらに強い感情が司狼の奥底から湧きあがり、彼のすべてを塗りつぶそうとしていた。

こいつの存在を赦《ゆる》してはならない。

骨の一片、細胞の一つに至るまで、こいつを消滅させないことにはおさまらない。

赤々と輝きを放ち、煮えたぎるマグマにも似た、説明不能の感情が湧きあがる。

それは、司狼にとって初めての経験ではなかった。


綾瀬孝造をナイフで刺した時。

学校の屋上で藤井蓮と潰し合った時。


彼は間違いなく、これとまったく同種の感情に囚《とら》われていたのである。

司狼は床に身をかがめ、先ほど〈蓮〉に蹴り飛ばされたナイフを取り上げた。

その刀身は、何匹屠《ほふ》ってきたかもわからない大蜘蛛の体液にべったりと汚れている。

「チッ、すっかり汚れちまった」

上着の端でナイフにこびりついた粘液をぬぐいながら、無尽の殺気の込もった険呑《けんのん》な光を双《そう》眸《ぼう》に宿らせながら、横たわる〈蓮〉のほうへとゆっくりと歩みを進めていった。

「藤井蓮なんざ……この世には一匹いりゃあ十分過ぎるんだよ！」

その声音は、まぎれもない歓喜で満たされていた。

肉食獣の如き兇相に、相手を魂ごと喰い殺さんとする禍々《まがまが》しい狂笑を浮かべ、司狼は〈蓮〉の心臓目がけてククリナイフを突き出した。


殺意と破壊衝動に身体を委ね、殺戮《さつりく》の予感に酔い痴《し》れた。

普段の司狼であれば、絶対に犯さない失策。

それが、司狼にとっての油断となった。

ナイフの刃先から〈蓮〉の心臓までわずか数ミリ。

その距離を残したまま、司狼の身体はピクリとも動かなくなっていた。

「ン……だとォ？」

感覚が鈍っていたのが災いしたのだろうか。

いつの間にか、このホールのような空間に入り込んできていた大蜘蛛が数匹、司狼の身体をワイヤー並の強度を持つ糸で固定していたのである。

「くそッ、動け……動けェ！」

こめかみに血管が浮かび上がり、
どれほど力を込めても、ナイフはぴくりとも動かない。

それだけではない。手首に巻き付いた糸の締め付けがどんどん強くなり、このままでは握力を保持することも――

痛みで頭を垂れていた〈蓮〉が、のろのろと顔をあげた。

「遊佐、司狼」

ゆっくりと、確かめるようにその名前を口にする。

「今回は、俺の勝ちだな」

その唇が笑みの形にゆっくりと歪められ、

「かはッ」


どんっという鈍い音が響いたあと、〈蓮〉の口から大量の血液が吐き出された。

ククリナイフの湾曲した刀身に心臓を刺し貫かれ、少年の意識は暗闇に閉ざされた。

血を吐きながら、ゆっくりと横倒しになっていく〈蓮〉。

その光景に、既知感はなかった。

思考の死角。

まったくの予想外。

何が起きたのかよく理解できないという、絶えて久しい困惑。

固まった状態のまま茫然と立ち尽くす司狼の耳に、この場にいたもう一人の声が届いた。

「何、女の見てる前で男二人の世界作ってんのよ……バーカ」

起きたことだけを見れば、実にシンプルだ。

二人の戦いに介入することができずにいたエリーが、両者の動きが膠着《こうちゃく》したこのタイミングで司狼の腕を摑み、全体重をかけてナイフを押し込んだのである。

三センチメートルも刃物が体内に潜り込めば、心臓に到達する。

かくして、藤井蓮と同じ姿をした少年はあっけなく絶命し、あとには解かれざる謎ばかりが残されたのである。

＊

「何つーか、さ。頭から尻尾《しっぽ》まで気持ち悪ぃだけで、しまらねぇ話だったな」

〈ボトムレス・ピット〉のＶＩＰ室でクダを巻いていた司狼がポツリと漏らしたのは、偽りの藤井蓮の死から二週間が経過したあとのことだった。

その点についてはエリーも同感だった。

大山鳴動《たいざんめいどう》して鼠《ねずみ》一匹とはこのことである。

防空壕の中に存在していたあれこれの設備は、プレス機械や航空燃料まで投入して徹底的に破壊され、穴蔵の一つに保管されていた〈ディープ・パープル〉の在庫は、サンプル用のいくばくかを残して処分された。

あれほどの数いた大蜘蛛は、彼らに指令を出していた上位個体を喪ったことが原因なのだろう、そのまま何処《いずこ》へともなく消え去ってしまった。

おそらく、山の中のどこかに今も潜んで、新たなコロニーを形成しているのだろう。

まったくもって、ぞっとしない話である。

奇妙なドラッグを巡る噂話《うわさばなし》が完全に消え去ったわけではなかったが、その後、新たな売人が現れたような気配もない。

人の噂も七五日というが、洪水のように溢《あふ》れ出る情報の奔流《ほんりゅう》に常に晒《さら》され、新しい話題に常に飢えている中高生のそれはさらに短い。

〈ディープ・パープル〉にまつわる騒動は、伝言ゲームによる情報の歪曲と記憶の改竄《かいざん》を経て、部分的に都市伝説のような形で残留する可能性はあったが、このまま無数の噂話に押し流される形で、忘れ去られることになるのだろう。

諏訪原市で起きている奇妙な出来事は、他にいくらでもあった。

脱法ドラッグという背徳的な愉《たの》しみに味をしめた購入者が、このまま別のクスリに流れるようなこともあるかも知れないが、エリーや司狼の知ったことではなかった。

元々、興味本位で関わっただけのことだ。

そこから先は、警察の領分である。

「そういえば、藤井蓮君。今度こそ退院したみたいよ」

「へえ……」

生返事を返す司狼。

その様子からして、どうやらすでに知っていたようだ。

おおかた、例の先輩とやらが電話で連絡してきたのだろうとエリーは推測した。

以前の人間関係とはすっぱり縁を切ったという割には、司狼は携帯電話の番号を変えず、そのまま使い続けていた。

エリーがその事を指摘すると、「そういやそうだな」とばかりに最新モデルの携帯電話の物色を始めていたので、意識的にラインを残していたわけでもなかったようだが。

氷室《ひむろ》玲愛《れあ》。

幼馴染《おさななじ》みの綾瀬香純以外では唯一、司狼と交友のあった異性である。

司狼と蓮が放課後の屋上で死闘を繰り広げ、二人仲良く意識を喪った際、いちはやくその惨状を発見し、救急車を呼んだのも彼女だったと聞いている。

月乃《つきの》澤《さわ》学園の三年生であるという彼女に会ったことはなかったが、今後、何かの拍子で顔を合わせることもあるかもしれない。

もちろん、本物の藤井蓮と顔を合わせる機会も——

その時、自分はいったいどんな気分になるのだろうか。

ちょっと、想像がつかなかった。

結局のところ、はっきりしたことは何一つわからなかったと言ってもいい。

藤井蓮を名乗り、彼女の前に現れた少年は何者だったのか。

〈ディープ・パープル〉を精製し、売り捌《さば》いていたのが彼であったとして、いったい何の目的でそんなことをしていたのか。

彼が意のままに操っていた蜘蛛の存在を含め、その背後関係は依然として不明のままだった。

唯一、手掛かりになったかも知れない綾瀬教授の論文の行方は杳《よう》として知れなかった。

おそらく、彼女が眠らされたあと、破棄されてしまったのだろう。

調査を続けることもできたが、肝心要の偽《藤井蓮》が命を落とし、ドラッグの流通という目に見えた動きも止まった今、そのために労力を割くモチベーションは湧いてこなかった。

彼女たちは、警察官でもなければフィクションに出てくるような探偵でもない。

謎解きをするのは、別のヒマな人間に任せればいいのである。

何とも煮え切らない、もやもやとした感じは残った。

とはいえ、収穫はあった。

この街の背後で深く静かに進行中の何かに、遊佐司狼——というよりも、彼の友人である藤井蓮が深く関わっていることが、今回のことではっきりしたのである。

死んだ綾瀬孝造と、その周辺の人間関係についてもいずれ徹底的に洗い出す必要があるかもしれないが、生きている蓮の周囲に人間を張り付け、彼の動向をチェックすることのほうが、優先度が高いように思われた。

何より、彼らの関心事はすでに、別のことに移っていたのだ。

『――昨夜遅く、諏訪原市の公園で男性の他殺死体が発見され、同市警は殺人事件として捜査を――』

目下、テレビで流れている番組は、チャンネルをどこに切り替えても、新たに発生したばかりの凄惨《せいさん》な事件の話題でもちきりだった。

『現在のところ、通り魔的なものであるとの見解がなされており、被害者の頸部《けいぶ》が切断されるという、猟奇的な犯行であることから――』

殺人事件。

それも、刃渡り六〇センチメートル以上と思しい鋭利な刃物を使い、頸部を切断するという、兇刃鞘走り《きょうじんさやばし》、暗殺が横行した幕末にでも逆行したような猟奇事件である。

「ヤッパぶら下げた猟奇殺人犯？　この二一世紀にか？　何それ面白れーじゃん、ここ《ボトムレス・ピット》に拉致《らち》って……いや、わざわざ拉致らなくてもいいか。とにかく、どんな奴か顔を拝んで、それからガチの斬り合いでもやらかそうぜ」

それが、鶴《つる》の一声になった。

〈ボトムレス・ピット〉の常連たちは、エリーのミッションを待つでもなく自発的に街中を飛びまわり、大きな荷物を持ち歩く不審者を見た者がいないか、聞きこみを進めていた。

今のところ、役に立ちそうな情報は皆無。

掲示板やSNSの検索スクリプトにも、犯人特定に繋がりそうな書き込みはかからなかった。

唯一、判明したことがあった。
死体を最初に発見し、警察に通報した人間の名前。
懇意《こんい》にしているフリージャーナリストから得られた情報である。
その名は、氷室玲愛。
またもや遊佐司狼――ひいては藤井蓮の関係者である。
先の事があったので、少々疑い深くなっていたエリーだが、今回は警察が絡んでいる。
いくらなんでも、同姓同名の別人や偽物ということはないと思いたい。
この話を伝えたら、果たして司狼はどんな顔をするだろうか。
振り棄てたはずの過去が追いすがってくるという、何とも皮肉な現実に。
またかよ、と驚くだろうか。
それとも苦笑いしておしまいだろうか。
司狼と共に行動する限り、こういう偶然が今後も続いていくのだろう。

人を殺したという感覚が、エリーを責め苛《さいな》むようなことはなかった。
我ながら、人でなしだなとつくづく思う。
エリーが元々そういう人間だったのか。
経験した出来事が、あまりにも現実離れしていたので、実感が持てなかったのか。
そこのあたりはよくわからない。

今さらの話ではあった。

うしろ暗いことならいくらでもある。

これまでにも散々、人倫にもとる行為に手を染めてきたのだから。

ただ、何もかも変らないままというわけにはいかなかった。

あの日を境に、司狼の既知感が彼女に伝染したようなのだった。

いつかどこかで、これと同じことを経験したという、奇妙な錯覚。

司狼の腕を取ってナイフを押し込んだ時――明確な殺意をもって、彼女が人間一人の命を奪ったあの時。

司狼は既知感に襲われなかったというが、エリーのほうではそれを強く感じていた。

まるで、彼の感覚を肩代わりしたとでもいうかのように。


液晶テレビの画面に目を向けると、哀《あわ》れにも首と胴体がおさらばするハメに陥った犠牲者の経歴や人柄について、しかめつらしい顔をしたアナウンサーが弔電を読み上げるような調子で解説を続けていた。

一日の内、最も暗い闇が空に広がるのは、夜明け前の時間帯だという。

諏訪原市の長い夜は、まだ始まったばかりだ。

Hinter den Kulissen

蜘蛛の巣にて

Zu Spinnesschanze

諏訪原《すわはら》市で、最も高い建造物がどこかと問えば、この街に住む人間であればおそらく、誰もが悩むことなく正しい答えを返すことができるだろう。

地上一八〇メートルのパノラマ展望台を擁《よう》し、隣接する海浜公園と共に、市内有数の観光地となっている諏訪原タワーがそれだ。

では、この問いに続けて二番目、三番目に高い場所がどこかと問うても、答えられる人間は比較にならぬほど少なくなる。

多くの場合、人の関心は一番目にこそ集中するものだ。

政治に関心がなくとも、普通に生活していれば現職のアメリカ大統領の名前は自然と覚えるものである。だが、何らかの理由で大統領がその職務をまっとうできなくなった場合、その巨大な権限を委譲されることになるという意味合いにおいて、間違いなくアメリカ合衆国のナンバー2の地位にある副大統領の名前となると――

諏訪原市で二番目に高い建物は、中心街の海側にひときわ高く屹立《きつりつ》し、市庁舎を含む他の建物を文字どおりの意味で見下ろす、地上三六階、地下五階の超高層複合オフィスビル、諏訪原産業貿易センタービルディングである。

その高さ、実に一五〇メートル。

ブラジル産の黒御影石《くろみかげいし》をふんだんに使い、黒々とした石柱を思わせるその外観から、モノリス・タワーなどと呼ばれることもある。


通常、この種の超高層ビルの最上階は展望フロアとなっていて、周囲の景色を見渡すことのできるレストランなどが入っているものだが、ここはそうではなかった。

戦後復興期において、医療産業都市・諏訪原の発展に大いに貢献《こうけん》したいくつかの企業が、産業貿易センタービルの三五、三六階を独占的に使用していたのである。

ごく一握りの人間を除き、それらの企業の実質的な経営権が、ただ一人の人間の手に握られていることを知らなかった。

ブロック・ケミカル・インダストリーズの上級執行役員フレデリック・ハーマン。

あるいは――聖槍《せいそう》十三騎士団黒円卓第十位、ロート・シュピーネ。

その人物は、他にもいくつかの名前を持っていたが、そのいずれも彼の本名ではなかった。

だが、いかなる名をもって己の証とするかと問われたなら――彼はそれこそが自らのありようと規定した、〈紅蜘蛛《ロート・シュピーネ》〉の名を選びとるだろう。

それは、ミュンヘンの神秘学グループのサロンに出入りする医学生であった時分に、彼が今なお友人と呼び、その死を偲《しの》ぶことのある数少ない人間がつけてくれたあだ名である。

今となっては顔もろくに覚えていない、親という名の他人によってありがたくも与えられた名前など、彼にとってはまったくの無価値だったのだ。

シュピーネは執務室の一面を覆うガラス窓の前に立ち、深夜を回ってなお煌々《こうこう》と輝きを放つ街の灯り――人の営みの証を満足げに見下ろしていた。

その輝きの一つひとつが、彼に生殺与奪《せいさつよだつ》のすべてを握られた贄《にえ》であり、供物であると思えば、心は浮き立つのは当然というものだろう。

歳月は、人を変える。

聖餐杯《せいさんはい》――聖槍十三騎士団第三位たるクリストフ・ローエングリーンの命を受け、「戦後」の準備を進めるべく、Uボートに乗って密かにアメリカへと渡ったのは一九四四年。

これに先立ち、受け皿として用意してあった医薬品メーカーの代表の地位に収まった彼は、クリストフからも高く評価されていた組織運営能力と経済センスを縦横に発揮し、次なる大儀式を執り行うべき東洋のシャンバラを建設するという重要な役目を営々と進めていた。

現世に留まった聖槍十三騎士団の同志たちを支援する仕事は、本来の任務に比すればほんの些事《さじ》のようなものだった。

だが、連合国に対する目くらましになればとて、ほんのついでで祖国の戦争犯罪者たちを掬《すく》い上げたことにより、予期せざる形で彼の名前が表に出た時は大いに苦笑したものだった。

第二次世界大戦後しばらくの間、第三帝国の戦犯たち――とりわけ、親衛隊に所属した者たちの一部がスイスやイタリア、スペインを経由してドイツと友好関係にあった南米や中東の各国に逃亡し、身分と名前を変えて潜伏していたことはよく知られている。

これを組織的に支援したとしてしばしば槍玉にあげられるのが、「Organisation der ehemaligen SS-Angehorigen（元親衛隊隊員のための組織）」の頭文字をとってオデッサと呼ばれる組織、あるいは組織群である。

そうしたオデッサ組織の一つとして知られるのが、〈蜘蛛《シュピーネ》〉――

曰《いわ》く、総統の命令で山荘に幽閉されていたベニト・ムッソリーニを救出したことで知られる親衛隊きっての特殊部隊指揮官オットー・スコルツェニーによって組織され、彼の部下や友人たち数一〇〇名を亡命させることに成功した。

曰く、グラーゼンバッハ捕虜収容所に拘留されていた親衛隊の高級将校たちによって元親衛隊隊員の相互扶助組織として組織され、かのアドルフ・アイヒマンを含む戦争犯罪者たちを南米に脱出させた。

エトセトラ、エトセトラ。

互いに矛盾《むじゅん》する無数の流言や伝説に彩《いろど》られたこの幻の組織は、何のことはない。

彼個人にまつわる曖昧《あいまい》な噂話《うわさばなし》が寄り集まり、矛盾に満ちた一つの組織として結実したものに他ならないのだった。

実際、米国の連邦政府移民局への影響力を行使して、クリストフ・ローエングリーン――ヴァレリア・トリファ神父のためにルーマニア正教会の司教という仮の身分を用意し、ヨーロッパから脱出させたのは彼だった。

血と闘争に餓《う》えた同志、ヴィルヘルム・エーレンブルグをベトナムの地へと送りこむ便宜《べんぎ》を図ったのも彼である。

聖槍十三騎士団にあって唯一《ゆいいつ》、現世の組織と関わりを持ち続け、計画を裏表双方の面で支援するのがロート・シュピーネの役割だった。

だが、しかし。

超常の力と、老いとは無縁の時間を与えられたまま、権力という果実を思うがままに貪《むさぼ》り続けた彼は、いつの頃からか——黄金錬成の成就による彼岸での栄光ではなく、今、この場所で、すでにして手に入れた至福の延長をこそ、切実に望むようになっていた。

誰にも縛《しば》られず、命令されず、自由に生を謳歌《おうか》する。

殺したい時に殺し、喰らいたい時に喰らい、犯したい時に犯し、奪いたい時に奪う。

それこそが、現在の彼の望みなのだった。

時刻は、もう少しで午前三時になろうかという頃。

この国の古い時の数え方で言えば、ウシミツドキだ。

地獄の門が閉まる前に元いた場所へと戻ろうと、怪異や幽霊が慌て騒ぐ時間であるという。

今の彼にとっての地獄とは、彼を含む聖槍十三騎士団が主君と仰ぐ、黄金の獣ラインハルト・トリスタン・オイゲン・ハイドリヒが君臨するグラズヘイムに他ならなかった。

させるものか。この街のすべて、石ころ一つから八〇万の魂に至るまで、好きにしてよいのはこの私、ロート・シュピーネただ一人だ。

部下からの報告によれば、首領代行たるヴァレリア・トリファは、地球を挟んで日本の裏側に位置するメキシコ——現在の彼の任地から、地脈に乗って移動するという強引な方法で、すでに日本入りを果たしていた。

彼がこの国に戻って来たということは、黄金練成へのカウントダウンがいよいよ開始されたことを意味する。

このまま手をこまねいていれば、彼が心血注いでこれほどの輝きを放つまでに育て上げてきたシャンバラの果実は、彼の願望など歯牙にもかけず、その拝跪《はいき》と貢納《こうのう》を当然の奉仕と受け取るであろう怪物たちによって、余すところなく貪り食われてしまうことになるのだ。

その価値について、その可能性について認識することもないままに。

いつものように、彼に移動手段の手配が一任されたのであれば、何らかの対抗措置《そち》を取ることもできたろうに——ほんの一瞬だけ、そうした考えを弄《もてあそ》んだシュピーネだったが、すぐさまその想念を振り払った。

そのような、小手先の工作が通用する相手ではないのである。

シュピーネは誰よりも深く、そのことを知悉《ちしつ》していた。

時の流れから切り離された黄金城《グラズヘイム》に籠《こ》もりきりになっていた他の同志たちとは異なり、彼は数十年にわたり、かの聖餐杯猊下《げいか》と向き合ってきたのだから。

敗戦前に祖国を離れ、敵性国家であるアメリカでの工作に着手して数一〇年。

入念な準備を経て極東の島国へと渡り、この諏訪原という地方都市に巣穴を張り巡らせ始めてからさらに数十年。

さまざまな可能性を吟味《ぎんみ》し、天秤にかけるには十分すぎる長さの時間だった。

人は、変わる生き物である。

姿も。そして、精神も。

彼は、作為的に選別された市民を資源として消費し、医学的なものから魔術的なものまで、さまざまな実験のためにも消費した。

何かしらの成果をあげられたものもあれば、徒労に終わったものもあった。

だが、骨の一片に至るまで消費された者たちの魂は、諏訪原市の真の支配者たる彼に喰らわれてその身に宿り、その力となった。その意味において、あくまでもシュピーネの主観ではあるが、無意味に蕩尽《とうじん》された命など何一つなかったのである。

やがて、首領代行の腹心として、黄金練成の真実を開示された彼は、その鍵となるべき〈ツァラトゥストラ〉と呼ばれる存在のことを知る。

——聖槍十三騎士団副首領、メルクリウスの再来という大災害を、その身に受けるべく用意された誘雷針。

ツァラトゥストラというのは、一人の人間だった。

いかなる方法で、いかなる経緯があってこのような存在が生み出されたのか。

そこまでのことはわからなかった。

メルクリウスによって創造されたその赤子は、騎士団がドイツ時代から友誼《ゆうぎ》を結んできた協力者の一族、綾瀬《あやせ》家の一人であり、アンダーグラウンドにおけるシュピーネの共同研究者でもあった綾瀬孝造《こうぞう》という医学者に委ねられた。

無論それは、シュピーネの働きかけによるものである。

彼にそのかされた綾瀬教授は、ツァラトゥストラの身体《からだ》を、顕微鏡的な細緻《さいち》さをもって徹底的に調査した。

メルクリウスの勘気を被ることを恐れたシュピーネの抑制によって、肉体的な害を与える一歩前のところでとどまりはしていたが、その偏執的《へんしゅうてき》なまでの調査は拷問《ごうもん》に等しかった。

その結果なのかどうか、綾瀬教授は何者かによって殺害され、その段階に至るまでは静観していた聖餐杯からの警告もあったため、ツァラトゥストラの身柄はいったんシュピーネの手の届かぬものとなったが、彼はその時点ですでに貴重なサンプルを入手していた。

ツァラトゥストラの精子を含む、細胞サンプルである。


「諏訪原遺伝子工学研究センターか……そういえば、そのようなものもあったな」

シュピーネの机の上には、一九八〇年代末期に彼の肝煎《きもい》りで造らせた施設の解体工事に関する書類が置かれていた。

表向きには、ヒトのゲノム——遺伝情報セットの塩基配列を解析するというヒトゲノム計画への協力を前提して設立された研究所だが、実際にはドイツ時代からの彼の研究テーマであった、複数の生命体の遺伝的特質を同一個体内に兼ね備えた合成生命《キメラ》の研究に主に用いられた。

そして、ある時期からは人間のクローニングに関する研究も——

二〇〇〇年に公布された「ヒトに関するクローン技術等の規制に関する法律」によって、この国ではクローン人間の創造が法的に禁止されている。

だが、禁令とは常に、現に行われている違法行為の存在と表裏一体だ。

この施設で、いったい何人のツァラトゥストラのクローンが生み出されたのか。

書類を確認せずに、諳《そら》で思い出すことは難しい。

それが、〈ザラストロ計画〉——ツァラトゥストラの謎を解明すべく実行に移された数多くの実験の中には、映像や音声による刷りこみと、薬物を併用した洗脳によって本物のツァラトゥストラとの同一化を試みるというものも含まれた。

最終的に、クローニングによるツァラトゥストラの複製には複数の問題が存在することが判明し、計画は終了。存在意義を失った研究施設もまた、その役割を終えたのである。

一度だけ、〈ザラストロ計画〉が息を吹き返したことがあった。

黄金練成の妨害を心に決めたシュピーネが、冷凍睡眠状態に置かれていたツァラトゥストラ・クローンによる私兵部隊の運用を思いついたのである。

ツァラトゥストラ・クローンはどの個体もどういうわけか自我が薄かったのだが、本物との同一化を試みた個体との意思疎通が可能だった。

そこに着目したシュピーネは、彼がかつて取り組んだ別の研究成果——ムラサキマダラゴケグモという稀少種の蜘蛛の持つ、他の生物の神経系に干渉し、意のままに操る特殊な毒素を投与し、一つの意思によって統率されたクラウドな部隊運用を模索したのだが——

ツァラトゥストラ・クローンたちの体細胞が急激な壊死《えし》を始めたことにより、結局断念したのであった。

何か、深い考えがあったわけではない。

所詮は、思いつきが実行寸前の段階まで進行した、数多ある計画の一つに過ぎない。

今は、このような書類のことは頭から締め出してしまえ。

この地を離れていた騎士団の他の者たちが一人、また一人と諏訪原に舞い戻りつつある今。

時間はもちろんのこと、この快楽を永遠のものとするために取りうる手段はそう多くは残されてはいない。

「まずは、聖餐杯猊下と話をつけなければな」

そして、何としてでも同志たちに先んじてツァラトゥストラと意を通じ、たとえその成果を分け合うことになってでも、黄金練成を食い止めるのだ。

ロート・シュピーネは、骸骨《がいこつ》を思わせる落ちくぼんだ目に昏《くら》い炎を揺らめかせながら、背後を一瞥《いちべつ》することもなく執務室をあとにした。

彼がそこに戻ることは、二度となかった。

本書は書き下ろし作品です。

※本作品はフィクションであり
登場する団体・個人・事件等は
実在のものとは一切関係ありません。

1
Dies irae
ディエス・イレ
漫画/港川一臣
Amantes amentes
原作・監修/light

「Dies irae」
コミカライズ作品

Dies irae
ディエス・イレ
Amantes amentes

電撃コミックスNEXT

Dies irae ~Amantes amentes~
1

漫画／港川一臣
原作・監修／light

諏訪原市の学園に通う藤井蓮は、
自らが斬首刑にされるという奇妙な夢を見る。
それをきっかけに、蓮の日常は大きく揺らいでいく……。
人気学園伝記バトルオペラ、待望のコミック化！

プロデュース●アスキー・メディアワークス
発行●株式会社KADOKAWA

Dies irae
～Wolfsrudel《ヴォルフスルデール》～

2016年9月30日　初版発行

著者
森瀬 繚

原作・監修
正田 崇
(Greenwood)

カバーイラスト
Gユウスケ
(Greenwood)

発行者
塚田正晃

ISBN978-4-04-865555-2　C0093

プロデュース
アスキー・メディアワークス
〒102-8584　東京都千代田区富士見1-8-19
電話／03-5216-8111（編集）
電話／03-3238-1854（営業）

発行
株式会社KADOKAWA
〒102-8177　東京都千代田区富士見2-13-3

装丁・デザイン
5GAS DESIGN STUDIO

印刷・製本
株式会社暁印刷

小社ホームページ　http://www.kadokawa.co.jp/